Nom de l'éditeur : Flore Calta, 75016 PARIS

ISBN : 9798723506848

« Si vous pensez que l'aventure est dangereuse,

essayez la routine elle est mortelle. »

Paulo Coelho

Flore CALTA

TOURBILLONS DE FEMME

Roman

1

Elle arrive à la porte de chez elle quand elle entend le téléphone sonner ! Le temps d'ouvrir, la sonnerie s'est interrompue …

« Zut ! Je ne prends pas la bonne clef ! Oh, ils rappelleront… »

La porte s'ouvre enfin. Elle pose son sac, son cartable rempli de dossiers. Et se dirige vers un des fauteuils en cuir du salon où elle se laisse tomber. Epuisée elle commence à somnoler quand la sonnerie retentit à nouveau. Elle sursaute et se précipite vers le téléphone. Et devinez ce qu'elle entend ?

— Vous êtes Madame Iris Carré ?

— Oui. C'est pourquoi ?

— Vous habitez bien rue Faraday à Pau ?

— Oui. Mais que se passe-t-il ? Pourquoi me posez-vous cette question ?

— Vous êtes l'heureuse gagnante d'une participation à une course automobile.

— Quoi ? Comment ? Qu'est-ce que vous me raconter là ? C'est une blague !

Elle est encore engourdie, ne comprend rien et marmonne en se désarticulant.

— Vous me dites que j'ai gagné le droit de participer à une course automobile ?

— Oui, il y a quinze jours vous aviez rempli et envoyé un bon de participation à notre société.

En un instant elle reprend ses esprits et les évènements passés se déroulent à toute allure dans sa tête. « Ah, oui, c'était chez le dentiste dans sa salle d'attente. J'avais feuilleté une revue automobile. Je m'étais amusée à remplir un bon et à l'envoyer sans trop y croire ! »

— Vous m'entendez toujours ? demande son interlocutrice ?

— Oui. Mais j'essaie de me rappeler et de comprendre pourquoi j'aurais gagné quoi que ce soit !

— Madame, je vais vous envoyer un mail pour confirmer ce que je viens de vous annoncer.

Iris raccroche sans croire un seul mot de ce que lui a raconté cette personne. Elle verra si cet envoi lui parvient…

Dubitative et troublée, elle s'exclame : « On ne gagne jamais ! Ce n'est pas possible ! Et si c'était une farce ? »

Iris veut quand même essayer de se persuader de cette bonne nouvelle. La voilà qui saute, tourne, virevolte au milieu des meubles. Elle se cogne à l'un deux. Iris s'imagine être dans une jolie voiture de course, elle s'y voit déjà ! Toute belle avec une couleur pimpante et une carrosserie à en faire frémir plus d'un ! Elle entend son bruit qui résonne fort dans sa tête. Elle n'a même pas vu qu'il pleuvait des cordes. Iris regarde par la fenêtre. Et songe… « Oui c'est vraiment une course à laquelle je rêverais de participer mais le pourrais-je ? » Iris a eu de gros problèmes de santé qui l'ont fragilisée. Mais toutes ces difficultés l'ont aussi motivée pour entreprendre toutes sortes de challenges et se battre encore plus dans la vie. Elle sent que tout bout en elle !

Un mélange de joie et d'inquiétude affluent dans son corps. Iris est si heureuse de cette nouvelle inattendue et en même temps un peu inquiète. Elle n'arrive pas à se faire à cette réalité. Cette phrase bourdonne sans cesse en elle « Pourrais-je vraiment y participer ? » Elle espère secrètement que ce rêve se réalisera…

Quand tout à coup elle entend un claquement ! C'est Antoine son compagnon qui rentre dans l'appartement. Iris l'apostrophe joyeusement.

— Déjà là ? Mais c'est un évènement !

— Oui, un client m'a fait faux bond !

Iris sait bien que ce n'est pas pour elle qu'il revient plus tôt. Ils vivent une période difficile depuis quelques temps. Leurs années de vie commune leur pèsent de plus en plus. Antoine la regarde.

— Tu as un visage bien enjoué ce soir !

— Oui, figure-toi que j'ai gagné une participation à une course automobile.

— Quoi ?

— Tu as bien entendu. C'est moi la gagnante ! Et je vais recevoir un mail de confirmation d'ici quelques jours.

Il la trouve tellement enjouée ! Il en avait perdu l'habitude. Iris est souvent songeuse et mélancolique. Elle enchaîne pleine d'enthousiasme.

— Tu sais, quand j'habitais chez ma grand-mère, sa maison se trouvait tout près d'un circuit automobile et j'entendais les pétarades des autos.

— Tu m'avais souvent parlé de ta grand-mère mais peu du circuit.

— C'est vrai mais à l'annonce de ce gain, tous les bruits de moteur des voitures me sont revenus en tête. C'est comme si je retournais des années en arrière dans des moments qui étaient merveilleux chez elle. Elle m'écoutait sans rien dire. Heureuse que je lui raconte mes histoires. Jamais elle ne portait de jugement. Tout était simple. Nous passions des heures à bavarder ensemble surtout lorsque ma mère partait plusieurs jours en voyage. Et nous échangions aussi sur les vrombissements fréquents des bolides tout proches de sa maison.

Antoine reste perplexe. Ce soir il ne reconnaît plus Iris. Et voilà qu'elle danse comme une folle avec une grâce qui la caractérise. Elle est tellement contente de cette nouvelle !

Antoine lui propose de fêter cet évènement. Mais Iris saisit cette occasion pour lui parler de ce qu'elle rumine depuis longtemps. Après quelques verres, elle se lance avec audace.

— Que dirais-tu si nous faisions un break ?
— Pourquoi ?
— Tu sens bien que depuis quelques temps nous avons du mal ensemble.
— Oui, mais cela arrive à tous les couples.
— Ce gain de la course m'a fait comme un électrochoc !

Antoine la regarde ahuri. Il n'a pas l'air de comprendre ce qu'Iris lui explique. Son visage se tend. Elle est bien décidée à lui dire tout ce qu'elle a sur le cœur.

— J'en ai un peu assez de cette petite ville où tout le monde se connaît. Je ne peux faire un pas sans rencontrer l'un ou l'autre, être obligée d'écouter les jérémiades de certains. Aussi, je me sens épiée. J'ai envie de liberté !

— C'est rassurant de retrouver les uns et les autres et nous avons des amis sympathiques ici. C'est tranquille.

— Justement peut-être trop tranquille !

— Tu sais, j'ai envie de changer, de connaître autre chose, de vivre des expériences insolites.

— Tu veux que nous déménagions. Je peux retrouver le même métier de commercial dans n'importe quelle ville…

Antoine ne saisit pas le message d'Iris ou peut-être ne le veut-il pas ou ne le peut-il pas ? Il est médusé.

— Tu veux t'en aller ?

— Oui, prendre du temps pour réfléchir. Cette année, notre fils Augustin est parti faire ses études supérieures à Paris. Toi, tu voyages beaucoup. J'ai l'impression que nous ne nous voyions plus et que nous prenons nos distances …

— Tu n'es pas heureuse avec moi ?

— Si, mais je me pose beaucoup de questions : comment ai-je envie de continuer ma vie ? Avoir une vie peut-être différente ? Ici tout est organisé, prévu, même ennuyeux… Alors je voudrais approfondir mes souhaits, mes désirs profonds. Ce que j'ambitionne de réaliser ? Peut-être, tout simplement, vivre autre chose pendant quelques temps…

Iris, sans attendre les réactions d'Antoine, lâche avec force.

— Et, j'ai une grave question qui me taraude depuis longtemps et encore plus en ce moment : je voudrais savoir qui est mon père. Ce qu'il est devenu ?

Antoine est comme abasourdi par toutes ces réflexions et interrogations. Il ne voit pas où Iris veut en venir. Il est démuni.

— Nous pouvons parler de tout cela ensemble.

— Oui, bien sûr, mais j'ai envie d'être seule quelques temps. Toi, tu as connu ton père, tu as vécu de longues années avec lui. Tu ne peux pas imaginer ce que je ressens.

— Je voudrais tellement t'aider. Nous en avions déjà parlé.

Antoine est crispé et tortille ses doigts dans tous les sens.

— Mais chez qui tu vas aller ?

— Des amis de ma famille, les Magos. Ils seront sûrement d'accord pour m'accueillir. Je vais les appeler.

— Tu ne vas pas chez ta mère ?

— Tu sais bien que nous nous sommes disputées. Et je veux éviter de mêler ma mère à ma vie. Quand j'étais plus jeune, elle m'a trop harcelée tout en n'étant jamais là. Je n'ai plus envie de l'entendre. Je suis vraiment fâchée avec elle.

— Combien de temps pars-tu ?

— Je vais demander une semaine de congé à l'Institut de sondages et suis certaine qu'ils me l'accorderont.

Antoine se résout à la décision d'Iris. La soirée s'achève dans une ambiance mitigée.

Iris le rassure mais il reste inquiet et perturbé, avec la peur qu'elle le quitte…

2

Rubis, la mère d'Iris, est une femme active. Son magasin de fleurs est tout proche du quartier parisien où elle habite. Elle y passe parfois de longues journées de 6 heures du matin à 20 heures le soir.

Ses deux autres enfants, Zoé et Arthur, comme tous les adolescents, lui donnent quelques soucis. Elle s'agace avec eux et ne les comprend pas toujours. Rubis voudrait qu'ils lui obéissent sans avoir à tout expliquer.

Elle qui était la petite fille modèle et parfaite avec ses parents. Et qui a grandi sans être en opposition avec eux. Et, au fil des années, était devenue très vite responsable et indépendante. Elle dont ils disaient qu'ils n'avaient qu'à se glorifier.

A l'âge qu'elle a aujourd'hui, Rubis a moins de patience pour s'occuper de jeunes enfants ! Et son mari, James, n'est pas dans une grande forme en ce moment.

Aujourd'hui, Rubis a un pressentiment sur la présence de sa première fille Iris à Paris. Elle est née d'un amour de passage à un moment où Rubis menait une vie assez dissolue quand elle habitait Pau. Elle avait de nombreux amis, les fêtes se multipliaient et ses amours aussi. Rubis, enceinte, avait voulu garder son enfant. Et le père ?

Plus tard, Rubis, approchant de ses quarante ans, est partie à Paris car elle avait rencontré quelqu'un qu'elle aimait et qui lui avait promis monts et merveilles… Elle s'est même mariée. Lors de cette fête familiale, Rubis se souvient qu'Iris n'étaient pas très à l'aise. Sans doute se considérait-elle comme l'enfant arrivé trop tôt… Et que l'on a comme oublié !

Depuis qu'ils sont arrivés à la capitale, Rubis et son mari habitent dans un grand appartement très classique. Sa vie parisienne est devenue plus stable avec toutes ses activités très cadrées même si elle a des soucis avec son époux dont la dépression évolue. Ce soir Rubis est un peu découragée. Et, sans savoir pourquoi elle pense particulièrement à sa fille aînée Iris…

C'est le jour où Rubis se rend au supermarché. Il ferme ses portes plus tard. La voilà qui court faire ses courses après avoir organisé le dîner de ses enfants. Zoé la plus grande sait qu'elle doit jeter un œil sur son frère jusqu'à ce que leur mère revienne même si James son mari est à la maison.

Rubis se couvre car il fait froid. Sans oublier son parapluie, les nuages sont menaçants. Tout emmitouflée, elle sert contre elle son sac à main et se dépêche. Le magasin est à dix minutes de chez elle. Le soir ne la dérange pas. Les lumières des appartements donnent de la gaîté à la ville. L'odeur de la nuit est différente. Tous ces éclairages montrent la vie. Les bruits de la journée semblent être un peu étouffés. Rubis marche d'un pas rapide. Elle a pris son caddy pour rapporter le plus de provisions et lui permettre d'alléger la charge de ses courses.

Elle entre dans le magasin. Il n'y a pas trop de monde. Toujours de nouvelles gondoles pour attirer le client.

Rubis avance dans les rayons et choisit ce qui lui manque sans regarder les personnes qu'elle croise. Elle va vite.

Quand tout d'un coup une jeune femme au loin lui fait penser à sa première fille Iris. Un peu le même style, un tout petit bout de femme, très féminine. De longs cheveux noirs frisés encadrent son visage. Rubis n'en voit pas plus. Mais son allure lui remémore le temps où Iris était devenue une jeune fille puis une femme dont l'attrait pouvait séduire. « Elle a grandi beaucoup trop vite. Je n'ai pas eu le temps de la voir évoluer… » se murmure-t-elle.

« Et puis Antoine et elle, que deviennent-ils ? Depuis combien de temps je n'ai pas vu Iris ? Plusieurs mois, peut-être une année ? Peut-être deux ? Elle et moi, nous nous étions un peu emportées lors des derniers appels téléphoniques. Si bien que nous avions jugé préférable de ne plus nous parler avant… »

Iris était sous la coupe de sa mère quand elle était petite. Même si Rubis était obligée de la confier à sa grand-mère lorsqu'elle se déplaçait… Et, quand elles se retrouvaient, les conversations entre la mère et la fille se résumaient souvent à des confidences de Rubis. Celle-ci lui racontait ses aventures avec ceux qui parfois faisaient office de père. Ils étaient gentils avec Iris mais ce n'était pas le sien… Elle n'osait en parler à sa mère. Rubis lui avait raconté qu'il était parti à l'étranger et qu'il reviendrait…

Jusqu'au jour où Iris a craqué et évité les appels incessants de sa mère. Laisser du temps au temps peut être bénéfique mais comment se rejoindre après tant de séparations ?

En ce jour, Iris semble manquer de plus en plus à sa mère. Rubis se pose des questions sur son âge avancé. « Que vais-je devenir ? J'ai moins de force… »

Rubis suit du regard la démarche volontaire de celle qu'elle prend pour sa fille. Ses gestes sont saccadés et elle semble réfléchir avant de poser chaque produit dans son panier. Lorsqu'Iris était plus jeune, elle avait besoin d'observer une par une les choses qu'elle avait entre les mains. Elle voulait comprendre le pourquoi du comment.

Rubis prend son temps pour voir la façon dont la jeune femme évolue à travers les méandres du magasin. Quelqu'un la bouscule. Elle est dans ses pensées. Elle observe un foulard qu'elle ne lui connaissait pas. Rubis sait que sa fille est coquette et aime assortir ses vêtements. « Mais qui veut-elle séduire ? Sûrement son ami Antoine. Je le connais si peu… »

Et si ce n'était pas elle ? Iris habite à Pau et vient rarement à Paris. « Elle ne m'a rien dit d'un séjour parisien ? » Rubis ne peut s'empêcher de continuer à la regarder. « Elle a bien maigri depuis que nous nous sommes vus ? Pourtant elle n'avait pas coutume de faire attention à ce qu'elle mangeait. Elle était plutôt gourmande de sucreries. »

La voilà qui pousse sa mèche de cheveux en arrière comme elle avait l'habitude de le faire. « C'est un tic que je lui connaissais bien », se remémore Rubis.

Les personnes autour de Rubis paraissent toutes agitées et remplissent leur chariot d'une manière effrénée. Et elle déambule comme une somnambule d'une allée à l'autre en jetant dans son caddy chaque denrée attrapée à la volée. Non, elle ne veut pas la perdre de vue. « Si c'était elle ? » Rubis ne réussit pas à s'en approcher. L'encombrement est dense. Elle l'aperçoit qui s'arrête devant les produits de beauté. Rubis sait que sa fille aime prendre soin d'elle. Mais elle n'est pas la seule femme. Là aussi elle se donne du temps pour regarder chaque marchandise une à une. Rubis ne cesse de l'épier « Elle est bien jolie. Elle doit en séduire plus d'un ! »

Des souvenirs remontent dans son esprit. Rubis la revoit petite avec du rouge à lèvres partout sur les joues. Et sa vive colère contre elle qui ne comprenait pas pourquoi sa mère était si enragée.

La jeune femme se poste devant les légumes. Rubis se rappelle combien il était difficile de lui faire avaler, entre autre, des tomates crues. C'était toujours une corvée pour les repas. Rubis ne comprenait pas pourquoi. Elle qui pouvait manger n'importe quoi à part les tripes ! « Peut-être que j'aurais dû être plus souvent près d'elle ? Iris aimait être gardée par sa grand-mère lorsque je devais m'absenter. Chez elle, Iris ne mangeait pas mieux et s'y trouvait pourtant merveilleusement bien. C'est compliqué les rapports à la nourriture ? Sûrement il y a des messages à entendre. Mes autres enfants n'ont aucune difficulté à avaler ce que je leur sers », songe-t-elle.

Rubis s'est laissé emporter par ses réminiscences et la femme a filé. Mais où est-elle ? Elle ne la repère plus. Elle se presse vers les caisses. Rien. « Elle n'est plus là. Et si j'avais rêvé ? Quelle heure est-il ? Oh, mon Dieu, il faut que je rentre … Les enfants vont s'inquiéter… »

Rubis se précipite vers la caisse, dépose ses articles sur le tapis et court en chercher d'autres. Ce sont les clients derrière elle qui lui jettent des regards noirs. La caissière reste impassible. « Je fais mon travail et n'ai pas à me mêler du reste ! » s'exclame-t-elle.

Les bras chargés, Rubis rapporte plusieurs produits sans s'émouvoir ni se préoccuper des grognements des personnes derrière elle.

Il est tard, Rubis file chez elle. Elle n'aura jamais autant couru en emportant avec elle la mémoire de cette jeune beauté. Et si c'était elle...

3

Sa décision prise, Iris part pour Paris.

Elle vient de quitter sa petite ville tranquille …

Il y a cinq ans, elle était venue à la capitale pour une journée de formation dans le cadre de son métier à l'Institut de sondages. Elle trouvait que c'était toujours trop rapide.

Et, en juin dernier, elle avait fait un aller-retour pour aider Augustin à s'installer. Son fils s'est inscrit pour suivre des études de sociologie à Paris I. Ce dont il rêvait. Il a trouvé grâce à des amis une minuscule chambre de service qui fut vite meublée et arrangée. Elle espère revoir Augustin très bientôt. Il lui manque déjà mais elle sait qu'ils se retrouveront comme s'ils s'étaient quittés la veille.

Son train entre en Gare de Lyon. Iris en descend doucement, le temps de s'habituer à nouveau à toute cette foule qui grouille. « Que de monde de tous côtés. Ces gens sont comme des fourmis qui pullulent. » C'est aussi un brouhaha incessant qui résonne dans sa tête. « Les personnes vous bousculent. Certains courent, d'autres cherchent à voir quelque chose. C'est une sorte de frénésie qui vous emporte. » Elle ressent une odeur un peu étouffante sous ces immenses verrières de la gare. Un homme la touche sans s'excuser, il a l'air très pressé. « Chacun semble s'ignorer. Peut-être s'habitue-t-on à cette ville ? A cette vie ? » A chaque fois c'est comme une nouvelle surprise pour elle.

Iris s'engouffre dans le métro. « Mon Dieu que tous ces êtres ont l'air triste. Les couleurs très sombres qui les affublent sont de mises. La fatigue et parfois le désarroi qui se lisent sur certains visages l'interroge. Dès que l'un ou l'autre monte, il sort son téléphone pour être comme les autres et peut-être éviter de les regarder. Drôle d'habitude ? » Cet anonymat la perturbe.

Le métro se remplit si vite qu'elle ne peut rejoindre une place inoccupée. Assise pendant son long trajet en train, elle reste debout. D'ailleurs, personne ne lui propose sa place. Chacun est accroché à son siège et plongé dans son portable avec des mimiques à n'en plus finir. C'est assez amusant et instructif ! La valise d'Iris roule. Oui elles ont plein de roulettes maintenant ! Des regards lui sont jetés comme si elle avait fait quelque chose de désagréable. Elle la retient et la remet en place. Iris a du mal à ne pas observer les uns et les autres. Elle s'amuse à imaginer ce qu'ils font dans la vie. Ils lui paraissent avoir des comportements si différents de ceux de sa ville natale de Pau.

Iris arrive à sa station et sort par à un labyrinthe de couloirs. « Eux aussi ils sont peuplés. C'est incroyable ! Mais d'où viennent tous ces individus ? L'odeur n'est pas plus respirable ici … »

La voilà au grand air. Enfin, elle n'est plus sous terre ! Iris reprend son téléphone et branche son GPS. Merveille que la technique ! Il lui indique le trajet à prendre. Mais non, ce n'est pas par là ! La distance s'agrandit… Elle se trompe sûrement ! Le mieux est de demander son chemin à un passant. Rien de tel que la communication directe ! « Ah ! Il n'est pas du quartier ! Ce n'est pas grave. Cela fait du bien de parler à quelqu'un… » L'homme qui est dans son kiosque va peut-être pouvoir la renseigner ? « Ah ! Aujourd'hui ils sont eux aussi derrière des vitres ! Personne ne m'avait dit qu'ils étaient en cage ? C'est bien pour eux mais pour le contact ça refroidit … » A peu près renseignée, elle repart sur le bon chemin.

Iris arrive en bas de l'immeuble de ses amis. Elle sort à nouveau son portable. Les codes ? Oui, c'est bien. Au moment où elle les compose une femme passe devant elle et lui ouvre la porte sans se préoccuper de sa présence. Que de personnes semblent être indifférentes à l'autre !

« Finalement ils sont nombreux ceux qui ont les codes ! » se dit-elle. Première avancée réussie mais ce n'est pas fini. « Dans la cour à droite » dit le message de ses amis. « Autre code » ! Ouf ! Ça marche ! Elle entre et voit un escalier qui n'en finit pas de monter. « L'ascenseur n'a pas été envisagé ! » Elle prend son courage à deux mains. Une odeur de nourriture se répand. « En l'espace d'une matinée, j'aurais fait le nombre de pas prodigué par l'appli santé de mon téléphone ! » se réjouit-elle.

Iris est presque arrivée chez les Magos. C'est un couple qu'elle apprécie pour leur bienveillance et leur gentillesse. Ils sont tout simples comme elle aime les gens. Elle est sûre qu'elle sera un peu comme à l'abri chez eux. Lui est un homme très charmant et elle est chaleureuse et dynamique.

Enfin le 4ème étage atteint, elle sonne et entend le bruit de petits pas se déplacer. Le parquet craque. La porte s'ouvre. « La bonne odeur venait peut-être de chez eux ? »

Anne, une grande femme, la soixantaine passée, amie fidèle de sa famille lui ouvre.

— Bonjour Iris, quelle joie de t'accueillir !
— Merci à vous, je suis si heureuse d'être là.

Son mari, Jacques, dont les rondeurs dénotent son côté bon vivant, s'approche de son épouse pour souhaiter la bienvenue. L'entrée est étroite. Il se faufile pour embrasser Iris.

— Il y a bien longtemps que nous ne nous sommes vus.
— Je suis contente de venir chez vous.

— Tu es chargée ! Tu es comme l'escargot !

— J'ai du mal à voyager léger. J'emporte toujours trop de choses.

Jacques s'empresse de lui prendre sa valise.

Anne invite Iris à la suivre pour lui permettre de poser ses affaires. Elle découvre un joli appartement assez peu décoré mais les quelques meubles et objets sont bien mis en valeur. Ils sont comme Anne et Jacques, d'une grande simplicité.

Iris entend des gazouillements d'oiseaux. « Ce sont des canaris », précise son hôte. « Ils chantent souvent. Ils sont toujours de bonne humeur et leur chant est mélodieux. Et nous aimons beaucoup avoir de la compagnie. »

Anne la conduit vers sa chambre.

— C'est notre chambre d'amis. Tu pourras y rester le temps que tu veux. Nous serons discrets sur ce que tu souhaites faire.

Iris regarde à droite à gauche ce petit nid douillet où elle sait déjà qu'elle y sera merveilleusement bien.

Quelques secondes de silence et…

— Comme c'est joli. Il y a une harmonie des couleurs. Et cette rose ?

Une fleur est délicatement posée dans un vase sur la table. Iris s'empresse d'aller la sentir.

— J'adore ce parfum !

Anne la regarde, comblée et étonnée de la revoir, lui montre les commodités et lui propose un moment de repos.

Iris s'assied sur son lit et laisse venir ses pensées. « Que je suis bien ! C'est comme si tout s'était arrêté. Je me retrouve dans une toute autre galaxie ! »

Une odeur qui ravit ses papilles annonce à Iris le bon dîner.

Ses amis lui laissent à peine le temps de déballer ses affaires. Ils l'appellent déjà pour passer à table.

Iris leur a apporté deux livres « La force du sexe faible » de Michel Onfray pour Anne et « Tous les hommes n'habitent pas le monde de la même façon » de

Jean Paul Dubois pour Jacques, un livre qui a eu le Goncourt.

Leurs regards s'animent. L'émotion se lit sur leurs visages. Et ils se confondent en remerciements. Iris goûte avec bonheur ces sensations dont elle ne se lasse pas.

C'est Jacques qui fait la cuisine. Il y prend beaucoup de plaisir. Anne est plutôt dans ses livres mais sait apprécier les bons mets qu'il lui prépare. Le dîner est délicieux comme ses hôtes. La conversation va bon train sur les évènements du pays et leur métier respectif : elle est professeur à l'université et lui travaille dans la communication. Ils lui parlent de pièces de théâtre et d'expositions à voir absolument. Après le dîner et le partage du rangement, c'est un moment de détente ensemble. Rapidement, quelques questions fusent. Anne démarre avec finesse.

— Tu m'as dit au téléphone que tu venais pour quelques jours à Paris.

— Oui.

— Est-ce dans le cadre de ton travail ?

— Oui et non. Je voudrais surtout prendre du recul par rapport à ma vie.

Jacques prend la relève et veut en savoir davantage.

— Tu as pris cette décision d'un seul coup ?

— Non, depuis quelques temps mille questions fourmillent dans ma tête.

— C'est normal, tu approches de la quarantaine et c'est important de faire le point.

— J'ai envie de changer, de découvrir d'autres univers. Aussi, de plus en plus de choses m'irritent. Et c'est vrai je suis à un âge où pas mal d'interrogations surviennent.

Iris souhaite garder son jardin secret mais elle est si bien avec eux qu'elle s'abandonne et leur révèle sa chance.

— Figurez-vous que j'ai gagné une participation à une course automobile !

— Toi, Iris ! C'est formidable.

Un mélange de joie et d'interrogation se reflète sur son visage. Anne et Jacques sont si heureux de la voir réjouie et pleine d'espérance.

— Ce gain a renforcé ma décision de bouger. Et mes questions se sont intensifiées : comment sortir de ma bulle confortable ? Comment tenter des expériences et me lancer des défis ? Et pourquoi me donner des challenges ? En même temps, je me sens parfois découragée avec la peur de ne pas y parvenir.

— Nous comprenons et nous sommes touchés que tu sois venue chez nous. Nous t'aiderons comme nous pourrons.

Avec beaucoup de ménagement, ses amis Jacques et Anne, lui demandent des nouvelles de sa mère qu'ils ont connue quand ils habitaient Pau. Ils savent que les liens entre la mère et la fille sont maintenant compliqués.

— As-tu de nouvelles de ta mère ?

— Non, nous ne nous téléphonons plus. C'est peut-être mieux ainsi.

Iris n'est pas très expansive sur le sujet et ne souhaite pas en dire plus.

La mère d'Iris est venue habiter Paris au moment de son mariage avec James il y a quelques années. Elle a épousé un ingénieur qui travaille chez Total dans la banlieue parisienne. De leur union sont nés très vite deux enfants, Zoé et Arthur.

Les rapports entre les deux femmes sont désormais distendus. Pour sa mère Rubis, sa fille était arrivée peut-être trop tôt. Elle la vieillissait très vite et l'obligeait à se poser des questions dont elle n'avait pas envie. C'est surtout sa grand-mère qui s'était occupée d'Iris. Celle-ci était veuve. Elle avait perdu son mari à la guerre. Elle était assez libre et avait une grande maison. Et c'était une femme qui aimait donner de son temps aux autres.

Anne et Jacques évoquent des souvenirs avec sa famille sans entrer dans les liens qui les unissent pour ne pas mettre Iris mal à l'aise. Et rapidement ses amis lui parlent de leur vie. « En plus de nos activités professionnelles, nous avons l'habitude d'accueillir des groupes de personnes. Nous avons formé des équipes de travail pour réfléchir sur des questions d'ordre plutôt sociologique », lui raconte Anne.

— C'est un vrai plaisir pour nous, ajoute Jacques.
— Ces réunions ont lieu le week-end. Si tu veux, tu peux y participer, propose Anne.
— Oui, c'est très généreux. Je suis intéressée de m'y associer.
— C'est un grand plaisir pour nous de t'y inviter.

« C'est une bonne manière de connaître d'autres types de personnes », pense Iris.

Une rencontre a lieu le lendemain matin. Ils sont réunis autour d'une grande table ovale en bois brillant avec des chaises style chippendale. Ce sont des gens plus âgés qu'elle. Elle écoute, prend des notes, séduite par les sujets travaillés. « Ceux qui composent cette équipe sont intelligents et ont de la répartis, songe-t-elle. » Les discussions s'enflamment. Chacun est attentif à l'autre. Les sujets sont traités d'une manière approfondie.

Iris s'évade en pensée et observe cette pièce qui leur sert à la fois de salle à manger et de salle de travail. Les murs sont ornés de quelques photos comme si les personnes figurant dessus étaient invitées à leur table. « Belle notion de partage », se dit-elle.

C'est assez drôle car des effluves de nourriture se distillent. Anne a dû aller discrètement faire réchauffer un plat.

Fin de la matinée. Les uns et les autres se saluent chaleureusement après avoir fixé le prochain rendez-vous et le travail à préparer. Ils remercient Iris d'avoir collaboré à leurs débats et la félicite pour la pertinence de ses remarques.

« Quelles belles initiatives de collaboration commune pour faire avancer les choses. Ils n'ont rien à gagner, c'est gratuit mais que c'est beau », songe Iris.

Lors du repas, c'est l'occasion de parler de ceux qui étaient autour de la table pendant la matinée et pour Iris de mieux comprendre quel était la fonction et le rôle de chacun dans la vie.

En sortant de table, elle met le doigt sur des photos qui l'interpellent.

— Qui est-ce ?

— Un ami qui participait souvent à nos échanges. Il vient encore de temps à autre quand il est à Paris. Hélas ! Nous n'avons plus beaucoup de nouvelles de lui.

Iris n'en saura pas plus … Mais, dans sa tête les questions sur son père reviennent. « Il pourrait ressembler à cet homme ? » rêve Iris …

Son imagination vagabonde … et elle se perd dans ses divagations quand ses hôtes lui proposent un café.

Assis confortablement dans leurs fauteuils clubs. Une lumière douce et une odeur d'encens invitent aux confidences. Un léger silence s'installe…

Après avoir passé une semaine ensemble, Anne et Jacques ont appris à mieux connaître Iris. Ils l'ont entendu échanger, débattre et s'investir dans différentes conversations.

Hier soir, ils ont reçu un appel d'une filiale d'A.V.A. Cette société est à la recherche de quelqu'un qui a les mêmes compétences qu'Iris. Ses amis évoquent ce poste avec elle sans l'influencer. Iris apprécie qu'ils lui permettent de réfléchir tout haut.

« Que vais-je faire ? Accepter, c'est me dire que je quitte mon ami et ma vie à Pau. N'étais-ce pas ce que je souhaitais ? Peut-être pas aussi brutalement ? »

Les interrogations s'enchaînent : « Accepter ou pas ? Ai-je une autre proposition ? Ai-je envie de retourner à Pau à la fin de la semaine ? Comment ferais-je pour payer un loyer ? J'ai vraiment besoin d'un travail … »

« Comment choisir ? Et pourquoi choisir ? …. Tous ses rêves circulent dans sa tête… » Que de questions l'envahissent…

Iris écoute les conseils de ses hôtes.

— C'est une opportunité de travail, se hasarde Anne.

— Je ne pensais pas effectuer si vite un tel changement !

— Nous comprenons, lui dit Jacques.

— Tu ne risques rien à rencontrer la personne de cette filiale, lui conseille Anne.

— C'est vrai. C'est même intéressant de voir quelles sont ses propositions.

— Alors ?

— Au fond de moi-même, je suis déjà déterminée. J'ai choisi de faire un break… Mais ces décisions aussi précipitées me font peur… Et puis, je ne peux pas rester chez vous plus longtemps, même si vous êtes adorables.

Iris réfléchit. « Mon indépendance est indispensable pour moi-même. Je veux me débrouiller seule. Je recherche ma liberté. J'ai besoin aussi de me retrouver face à moi-même. Peut-être pour me permettre de répondre à toutes les questions que je me pose. »

A la fin des discussions, elle devient pragmatique et se murmure « Qui dit travail, dit possibilité de payer un logement. Et, comme locataire c'est assez simple de quitter un appartement. Alors ? Vais-je sauter le pas ? »

Ce travail qui lui est proposé est une fonction dans une société de sondages. Elle connait déjà tous les rouages. Ce qui aide et simplifie les choses. Alors, elle s'engage à rencontrer le patron de l'entreprise.

Trois jours plus tard, elle est prête pour son entretien. Il a lieu dans le 2ème arrondissement. A 10 heures. Elle n'est pas du matin mais s'est réveillée tôt pour être au meilleur de sa forme. Bien préparée, elle file.

Iris est accueillie par un homme d'âge mûr, de belle allure, qui lui tend une poignée de main très ferme. Il la conduit dans la dernière pièce au bout du couloir. Et c'est avec une élocution claire qu'il lui présente ses attentes pour le poste. Ils sont dans un tout petit bureau, ce qui crée une intimité rapide. Après s'être écoutés mutuellement, tous deux semblent être sur la même longueur d'ondes. Le travail correspond à ce qui avait été indiqué à Iris. L'homme lui donne un accord de principe. Il lui propose un café. Et elle s'accorde le week-end pour réfléchir et lui transmettre sa réponse le lundi matin. Iris sait que sa prise de fonction devra démarrer rapidement. « Pas facile de se trouver, maintenant, face au pied du mur ? » se dit-elle.

Le soir, Iris parle longtemps avec son ami Antoine. Elle lui redit combien ce moment est important pour elle. Ce n'est pas aisé et elle le connait. Iris aborde le sujet.

— Anne et Jacques m'ont indiqué qu'une société filiale d'A.V.A recherchait quelqu'un pour six mois. Je me suis dit que ce serait bien pour ne pas rester trop longtemps chez eux et avoir mon indépendance. J'en ai discuté avec eux pendant de longues heures. et ils m'ont conseillé de rencontrer un des dirigeants de la société qu'ils connaissaient bien.

— Alors, tu vas t'installer à Paris ?

— Oui, le temps de ce contrat mais je reviendrai les week-ends.

Antoine reste muet. Il ne la comprend toujours pas. Il sait qu'il va devoir lui accorder la liberté qu'elle est décidée à prendre. La conversation se poursuit tard dans la nuit. Ils trouvent une harmonie qui les apaise l'un et l'autre. Elle reviendra certains week-ends.

Tout s'est mis en place très vite pour le contrat de travail après la réponse positive d'Iris. Elle donne son accord et débute la semaine suivante dans sa nouvelle société. Elle fait rapidement connaissance avec ses collègues. L'ambiance est bonne et chaleureuse. Iris n'a pas trop de question sur l'endroit d'où elle vient et la raison de son départ. Elle sait esquiver toute forme d'interrogations…

Ses amis, Jacques et Anne, l'hébergent encore quelques jours, le temps qu'elle se trouve un logement.

Ses journées sont denses avec de nombreuses visites d'appartements le soir. Très vite Iris a craqué pour un petit logement au 6ème étage sans ascenseur mais dans lequel elle s'est tout de suite sentie bien.

Il est meublé. Un style IKEA que des murs colorés réchauffent. Elle a rajouté quelques babioles et objets de décoration.

Le propriétaire, ami de ses amis Jacques et Anne, a été très arrangeant pour tout l'administratif. La voilà indépendante … Comment va-t-elle poursuivre sa vie maintenant ? …

4

Ce matin, Iris est agitée, elle a très mal dormi. Toutes ces interrogations la préoccupent.

Son téléphone n'arrête pas de vibrer avec toujours le même appel masqué. Elle ne tient pas à répondre. Elle n'aime pas ça. Si c'est de la publicité elle les envoie promener. Sinon, si c'est un inconnu elle ne veut pas être importunée ! Comme une colère gronde en elle !

Finalement agacée par l'incessant vibreur, elle se décide à prendre l'appel. Une voix rauque retentit au son d'un « Allo ! ». Ce ton ne lui est pas inconnu ! Elle est interpellée et ne répond rien. Le « Allo » se répète et là, énervée elle s'entend dire « Mais qu'est-ce que vous voulez ? » et la personne raccroche. Alors, des questions surviennent dans sa tête : « Et si c'était le même appel pour une commande que lorsque j'étais encore à Pau ? Cet appel l'avait interpellée … « Et si c'était ma mère ?... ». Elle n'aurait pas recouru à un numéro masqué ? Et pourquoi pas ? Peut-être pour que je ne reconnaisse pas son téléphone ?

Iris se remémore les fois où Rubis lui racontait toutes les histoires de sa vie, même les plus intimes. Elle aimait aussi se plaindre de chaque chose et de chaque situation. Et, lorsqu'Iris posait une question, c'était le déroulé habituel d'un tableau noir de tout ce qui s'était passé ou de ce qui pourrait survenir… Elle y ajoutait volontiers pléthore d'épisodes dramatiques.

D'ailleurs, elle parlait surtout d'elle sans trop se préoccuper de la vie de sa fille.

Iris se souvient que, petite, tous les sujets de ses amours la distrayaient. Elle écoutait sa mère car elle n'avait pas le choix … Ces paroles la rendaient parfois triste, d'autre fois interrogative. Elle n'osait rien dire ou demander quoi que ce soit. Elle ne comprenait pas forcément tout mais ne cherchait pas à en savoir davantage. Elle se représentait comme une boîte percée dans laquelle se déversait tout un liquide plutôt noir et sans fin… Le flux de propos s'arrêtait lorsqu'Iris lui disait qu'elle devait partir au lycée vite vite vite !... Là, elle réagissait et stoppait son déversement de paroles.

Mais, pour le moment, Iris veut faire un break. Une pause de son univers : son ami, son travail, sa mère… Iris ne veut plus entendre ses lamentations !

Avec le temps, Iris n'avait plus eu envie de savoir ce que devenait sa mère. Elle savait qu'elle était heureuse alors c'était l'essentiel pour elle.

Rubis, fille unique, avait eu une enfance où elle était très gâtée. Elle n'avait pas fait beaucoup d'études mais s'était débrouillée intelligemment pour devenir indépendante et quitter habilement le joug de ses parents.

Ce matin, Iris a comme une prémonition avec ces appels téléphoniques à répétition. Sa mère aurait-elle vraiment besoin d'elle ?

Prise de remords, elle appelle Rubis qui lui annonce que sa grand-mère vient de mourir. Iris est trop triste. Elle l'aimait tant cette femme Margot qui s'était occupée souvent d'elle avec beaucoup d'amour. Elles étaient très proches.

— Comment est-ce possible ! s'exclame-t-elle.
— Tu sais, elle était assez malade depuis quelques mois mais elle ne voulait pas en parler.
— Je ne savais pas.
— Je me trouvais auprès d'elle ce week-end. Elle semblait aller bien.

Iris est, une fois de plus, exaspérée par sa mère.

— Pourquoi tu ne m'as rien dit ?
— Elle m'avait demandé de ne pas parler de sa maladie.
— Si j'avais su je lui aurais téléphoné.

C'est comme une chape de plomb qui tombe sur la tête d'Iris. Des larmes coulent le long de son visage. Sa respiration se bloque. De nombreuses pensées fourmillent dans sa tête. Il y avait quelques temps qu'elle n'avait pas échangé avec sa grand-mère. Elle se sent prise de regrets et tellement peinée. Elle ne sait plus quoi dire abattue par cette nouvelle. Mais très vite des questions se posent.

Sa mère lui a peut-être caché quelque chose … Son mutisme fait réagir Rubis.

— Tu sais, elle n'avait pas envie de voir trop de monde ces derniers temps.
— Je m'en veux de ne pas l'avoir au moins appelée.

Ses yeux se ferment comme pour se souvenir de leurs dernières conversations. Et des mots tendres refont surface…

Iris ne pose pas davantage de question. Elles restent toutes deux silencieuses un moment. Iris attrape un mouchoir pour sécher ses yeux. Ses épaules tombent. Son visage se remplit de chagrin. Elle ne sent plus la chaleur de ses membres. Son téléphone est vissé à son oreille. Iris ne sait plus quoi dire. Quand tout d'un coup la parole lui revient.

« Comment est-ce possible ? J'aurais tant voulu lui dire au revoir», glisse Iris avec tristesse.

Elle pense à sa grand-mère chez qui elle avait passé de nombreux moments et de merveilleux séjours certains étés. C'était le lieu d'un vrai havre de paix. Et Margot était celle à qui elle pouvait tout dire, tout confier. Elle revoit son visage toujours si doux. Les souvenirs s'entremêlent …

Brutalement, pour sortir du silence de leurs émotions, sa mère l'informe.

— L'enterrement aura lieu jeudi à 14 heures.

— J'essaierai de venir avant, lui dit-elle timidement.

Iris n'en a pas vraiment envie. Elle souhaite garder les images vivantes de sa grand-mère. C'est trop dur. Elle n'ira pas avant. Elle n'est pas prête à parler avec sa mère, ni à revoir James et découvrir leurs enfants qu'elle connaît si peu. Bien sûr, Iris ira à l'enterrement pour rendre un dernier hommage à Margot qu'elle aimait tant.

Elle se fait chauffer une tisane et songe à son fils et à Antoine qu'elle doit avertir.

Iris s'empresse d'envoyer un sms à son fils pour qu'il la joigne rapidement. Augustin rappelle Iris dès qu'il le peut. Elle lui annonce le décès de Margot, son arrière-grand-mère. Il ne sait plus quoi dire et propose à sa mère de la rejoindre. Il s'est libéré pour venir boire un café avec elle. Et ils se sont donnés rendez-vous en bas de chez les Magos. Le lieu est bruyant car c'est la fin de la journée. Iris s'installe à une petite table quand son fils arrive. Ils s'embrassent très chaleureusement.

— Cela me fait du bien de te voir mon chéri.
— Moi aussi.
— Je t'ai envoyé un sms pour ne pas te déranger. Je voulais t'apprendre rapidement la triste nouvelle. Margot est décédée.
— Ce n'est pas possible. Quelle tristesse !
— Et moi j'en suis bouleversée…

Les yeux d'Iris se remplissent de larmes. Sa gorge se noue.

Elle regarde son fils. Elle le trouve beau. Son visage dégage tant d'émotions.

— Parle-moi de toi, de ta vie.
— Je travaille énormément. Mes cours sont très intéressants. Je suis content d'avoir démarré ces études.

Son bonheur la ravit et lui fait du bien.

Le serveur leur apporte un citron pressé chaud et un café. Il pose discrètement la note sur la table. Le brouhaha s'installe et des effluves de nourriture se distillent.

Son fils Augustin lui raconte comment se déroule sa première année d'études de sociologie. Il lui parle également de son travail à mi-temps assez fatiguant dans un supermarché.

— Bravo. Je suis fière de toi.
— Mais, dis-moi, tu es à Paris en ce moment ?
— Je passe une semaine chez les Magos, des amis de notre famille.
— Ah bon, je ne savais pas !

Iris est à la fois gênée et souhaite lui en dire plus.

— Après, je déménagerai dans un petit logement que j'ai trouvé.
— Ah bon tu vas rester à Paris ? Où habiteras-tu ?
— Dans le 6ème arrondissement.

Augustin est à la fois inquiet et interrogateur.

— Pourquoi tu as quitté Pau ?

— J'avais besoin de changer d'air, de prendre du recul. Et puis, surtout, j'ai gagné une participation à une course automobile alors je suis toute excitée. C'est comme si je sortais tout d'un coup d'une boîte à l'idée de faire des tours de piste dans une voiture de course !

— C'est génial. Quand est-ce que c'est ?

— J'attends d'avoir confirmation de la date et je te dirai.

— Ah Oui ! J'irai bien avec toi.

Augustin est rassuré par la joie que témoigne sa mère en lui annonçant cette course automobile. Avec elle, ils avaient souvent parlé de voitures.

Iris s'est toujours occupée d'Augustin autant qu'elle le pouvait. Dès qu'elle rentrait elle courait le retrouver chez sa nounou. Passer de longs moments avec lui était sa plus grande joie. Elle avait tant souffert que sa mère ne s'occupe pas davantage d'elle.

Antoine, le père de son fils, était peu présent. Il était très occupé et souvent en déplacements. Alors Iris a en a profité pour choyé davantage Augustin. Elle aurait bien aimé avoir d'autres enfants. Les tentatives n'ont pas fonctionné. Pour elle, les enfants étaient ce qu'il y avait de plus beau au monde. Et, aujourd'hui ses quarante ans se rapprochant, elle n'y croit plus.

Son fils, maintenant plus indépendant, garde cette immense affection pour sa mère. Ils n'ont pas besoin de se dire les choses. C'est comme instinctif. Ils se comprennent à demi-mots. Iris sait qu'il fera tout pour se libérer afin de l'accompagner à l'enterrement de Margot.

De retour chez elle, Iris appelle Antoine. C'est plus compliqué. Il est effondré par la nouvelle. C'est elle qui le console. L'échange est bref.

Après une bonne soupe, Iris tente de joindre son cousin Paul…

5

Bien calée dans un fauteuil confortable, une tasse remplie d'une eau chaude odorante, Iris appelle Paul, son cousin préféré. Elle a beaucoup de souvenirs avec lui dans la maison de sa grand-mère Margot. Elle compose à nouveau son numéro. Les sonneries se multiplient. Iris tape du pied nerveusement. Ouf ! Il décroche, heureux de l'entendre. Iris lui annonce tout de suite mais avec douceur.

— J'ai une mauvaise nouvelle : Margot est décédée.

— Ce n'est pas possible ! Qu'est-il arrivé à ta grand-mère ?

— Elle était malade.

Il enchaîne avec ses interrogations qui agacent Iris.

— Je ne savais pas. Depuis combien de temps ? A-t-elle souffert ?

— Ma mère était chez elle ce week-end. Elle m'a raconté qu'elle s'était endormie comme d'habitude et qu'elle ne s'était pas réveillée.

Son cousin Paul est consterné. Un silence s'installe. Il appréciait cette femme.

— Je suis très triste par ce que tu m'apprends.

Iris essaie de ne pas s'effondrer et continue avec une voix très affectée.

— L'enterrement aura lieu jeudi à 14 heures.

— Bien sûr j'y serai. Quand pars-tu ?

Iris n'a pas envie de parler des conflits avec sa mère. Elle frotte ses doigts pour chercher comment s'y prendre. Son cousin rompt son mutisme.

— Dis moi quand pars-tu ?

— Je ne peux pas y aller avant car j'ai trop de travail.

— Tu veux que je t'emmène jeudi ?

— J'aimerais bien. Ce serait formidable. J'ai mon fils Augustin qui viendra peut-être.

— Alors je passerai vous chercher tous les deux.

Iris est soulagée. Elle se lève et fait tomber sa tasse.

— Mais que se passe-t-il ?

— Ce n'est rien, c'est l'émotion.

— Alors à jeudi matin 7 heures. Dors un peu. Je t'embrasse bien fort.

Iris rappelle Antoine pour le prévenir qu'ils se retrouveront à l'enterrement et s'apaise avec un bon livre avant de s'endormir.

Jeudi matin, aux aurores, Paul passe prendre Iris et son fils au pied de leur immeuble. Que de gentillesse ! C'est plus facile d'aller avec ceux qui vous sont proches et de ne pas se retrouver seule dans ces moments difficiles.

Ils grimpent dans une vieille Peugeot bleu marine à l'allure des années 80. De la radio émanent quelques notes de musique classique qui donnent de la douceur.

Ça y est nous voilà partis ! Le bruit de démarrage est curieux et l'odeur qui se dégage est forte. Mais « tout est normal » leur dit Paul.

Iris a besoin de parler. Elle est heureuse de se rappeler avec lui des moments qu'ils ont passé là-bas dans cette charmante maison de Margot.

— Tu te souviens de la petite cabane où nous jouions pendant des heures.

— Oui. J'avais peur lorsque la nuit tombait.

— Mais tu aimais bien parler.

— Oui, j'en oubliais le temps.

Et puis, ils évoquent les souvenirs avec sa grand-mère qui était tellement merveilleuse. Margot avait perdu son mari. Elle s'était donc retrouvée seule mais accueillait très facilement les uns et les autres. C'est ainsi que Paul a passé de nombreux séjours chez elle.

« Tu te rappelles, elle nous racontait des histoires à dormir debout ! Celle du soldat ? » Et les voilà partis dans leurs anecdotes.

Augustin les écoute sans les interrompre, émerveillé de leur naïveté.

Le cousin d'Iris se remémore une coupure d'électricité où ils s'étaient retrouvés dans le noir.

— Tu te souviens ?
— Oui, nous nous demandions ce qu'il se passait. Les ombres qui dansaient m'effrayaient !
— Mais Margot avait vite apporté des bougies ?
— Oui, c'était encore plus beau avec cet éclairage dessinant de curieuses formes. Mais, j'avais peur !

Et la vie avait continué comme si tout allait rentrer dans l'ordre le plus facilement du monde. Et c'est ainsi qu'il en était à chaque fois sans affolement ni préoccupation particulière. Jamais d'agitation. Les choses s'organisaient sans bruit, sans tracas particulier.

C'était un peu la maison du bonheur. Margot savait faire régner une ambiance de paix, de bienveillance, de chaleur.

— Tu te souviens des repas ?

— Ce que nous mangions ne nous intéressait pas forcément. Nous étions nourris et c'était déjà suffisant.

— C'était surtout de bonnes plâtrées de pâtes ou de pommes de terre sur des plats géants.

Tu te rappelles, elle voyait toujours quand l'un ou l'autre semblait préoccupé.

— Tu sais quand elle s'inquiétait pour ta mère ?

— Oui, elle trouvait qu'elle avait une mine de papier mâché !

— Et elle avait raison.

— Sûrement…

Le ton de sa voix n'était jamais élevé mais chantant. Elle disait les choses en peu de mots mais avec précision. Surtout elle n'en disait pas trop. Ses messages nous paraissaient naturels et vrais.

— Toi, tu as maigri, que se passe-t-il ? s'inquiétait-elle pour toi.

— Je travaille beaucoup en ce moment

— Alors c'est normal ! Mais n'oublie pas de te nourrir !

Oui nous étions jeunes mais ce sont des empreintes qui sont restées dans notre mémoire et cela nous fait du bien de les évoquer.

Augustin est tout ouï.

Voilà, ils arrivent à Choisé, c'est le petit village de ma grand-mère où se serrent de jolies maisons anciennes.

Ils se dirigent vers une petite église où a lieu la cérémonie. Ce sont encore des moments qui fourmillent dans leurs souvenirs en pensant à d'autres célébrations.

Ils sont en avance. Serrés les uns contre les autres dans leurs vêtements noirs, ils marchent d'un même pas. Son fils respire son parfum qu'il apprécie toujours autant. Une diversion dans un moment grave.

D'autres personnes sont déjà là. « Pour certains, il y a bien longtemps que je ne les aies vus et d'autres que je ne connais pas du tout », murmure tout bas Iris à son cousin. « Heureusement que mon fils et Paul sont avec moi. Leur chaleur me rassure et me réconforte », se dit-elle. Elle se rapproche d'eux et s'appuie sur leur force.

Ils attendent avant de pénétrer dans l'église comme soudés l'un à l'autre. Le temps est beau malgré une température frigorifique.

Antoine est peut-être déjà à l'intérieur ?

C'est alors qu'Iris voit arriver une grande et belle femme tout de noir vêtue. Iris n'ose s'approcher de Rubis tant elle est émue et intimidée de retrouver sa mère dans ces circonstances. C'est elle qui va au devant d'Iris et lui dit combien elle est touchée qu'Iris soit enfin là.

— Antoine est déjà arrivé, lui ! déclare-t-elle en colère.

Iris reconnaît l'acidité de sa mère. Elle se crispe mais ne répond pas.

Rubis n'a pas les yeux rouges. Elle est plutôt digne et majestueuse dans son habit foncé. Iris a du mal à retenir ses larmes. C'est presque Rubis qui la console. Elle lui explique que sa mère était malade et souffrait de plus en plus. Sa mort l'a délivrée. L'aplomb de Rubis et la virulence de ses paroles refroidissent Iris. Elle ne peut retenir son agacement devant autant d'assurance !

Rapidement, Rubis détourne les talons et part à la rencontre d'autres personnes. Iris serre fort le bras de son cousin, son fils est à côté d'elle. Ils rentrent tous les trois dans l'église comme un trio inséparable.

Iris est étonnée et agréablement surprise de voir toutes ces fleurs blanches joliment disposées près du cercueil. Des compositions dignes d'un grand faiseur. Iris se demande qui a tout arrangé. Margot aurait été si contente de voir ce décor.

Elle aperçoit Antoine dans les premiers rangs, lui fait un petit signe de la main, mais reste avec ses compagnons.

La cérémonie commence. Elle est à l'image de celle que l'on enterre. Toute simple et avec l'expression de nombreux témoignages d'amitié et d'affection. Les mots prononcés reflètent bien sa vie, son état d'esprit. Les pleurs de certains se font entendre. L'assemblée nombreuse est composée de jeunes et de moins jeunes. Chacun étant venu lui rendre hommage pour tout ce qu'elle leur avait apporté durant sa vie.

A la sortie, elle aperçoit au fond de l'église, un homme d'un certain âge, discret par sa position. Il semble accrocher son regard sur le souvenir de l'un ou l'autre. « Je ne le connais pas » se dit Iris. « Qui-est-ce ? Qui cherche-t-il ? » Sans réponse ! Et emportée par le mouvement de toutes les personnes qui sortent, elle reste intriguée par cette figure…

Après ces temps de recueillement, ils se dirigent tous les trois vers le cimetière. Le chemin est boueux. Ils sont peu nombreux à s'y rendre. Antoine les rejoint et ils échangent quelques mots. Moment bien difficile même si la foi chrétienne peut être un réconfort pour certains.

Ils ne se sont pas éternisés mais pour Rubis et sa famille il était important que des membres très proches soient là jusqu'à la fin. Une dernière prière est prononcée par un cousin de Margot.

Puis, ils cheminent vers la maison de Margot. Une charmante bâtisse mansardée du XVIIIème siècle en parfait état avec un grand jardin au charme désuet.

Sa fille unique, Rubis, accueille chez elle ceux qui voulaient se retrouver. « L'homme du fond de l'église n'était pas là. Sans doute était-ce un voisin de Pau venu juste pour les obsèques ? Mais pourquoi n'a-t-il pas rejoint la maison ? » L'afflux de monde laisse cette question en suspens dans les pensée d'Iris…

A Choisé, l'atmosphère est toujours la même que celle qui a toujours régné même si l'hôte de ces lieux n'est plus là physiquement. Ils ont l'impression qu'elle est encore parmi eux tant tout se déroule comme autrefois.

Rubis prend la peine de venir converser un petit moment avec Iris. Il y a bien longtemps que les deux femmes ne se sont pas vues. Tant de choses à se dire mais aujourd'hui c'était plutôt des évènements partagés chez sa grand mère qu'il est bon de se rappeler. Iris n'a pas envie de parler de sa vie et de ses projets. Comme si elle entendait déjà les reproches de sa mère…

Un bon vin chaud et des petits fours salés et sucrés sont offerts à chacun. Ces arômes les caressent avec légèreté.

Antoine évolue de l'un à l'autre, un peu perdu avec ses préoccupations du moment. Il ne sait comment se comporter avec Iris. A la fois gêné et heureux de la retrouver. Ce n'est pas le lieu pour avoir une vraie conversation. Iris et lui sont bouleversés et envahis par la disparition soudaine de Margot.

Rubis est sans cesse interrompue par tous ceux qui veulent lui témoigner du réconfort et lui exprimer leur soutien. Elle virevolte de l'un à l'autre.

Bien sûr, il y a le mari de Rubis mais Iris n'a pas grand-chose à lui dire. Elle l'apprécie peu. Leurs rapports ont été très éphémères. Iris trouve qu'il a beaucoup vieilli et qu'il semble même malade…

En quittant Rubis, Iris lui promet d'essayer de la revoir. « Les mots ne m'engagent pas forcément », se murmure-t-elle.

Un peu à l'écart, Iris en profite pour regarder discrètement son téléphone. Et, elle découvre avec étonnement le mail de confirmation de sa participation à la course automobile.

Après cette journée assez éprouvante, Iris prend le chemin de retour avec son fils et son cousin pour une longue route. Elle est si contente de leur raconter cette histoire incroyable de sa participation à une course automobile. Cette nouvelle maintenant confirmée lui redonne de la joie qu'elle leur partage avec bonheur. Ses deux compagnons veulent lui poser plein de questions.

— Tu sais où se trouve le circuit ?

— Oui, près d'Issoire.

— Quand est-ce que cette aventure se déroulera ?

— En mai…

Ils sont rentrés fourbus par le trajet et tant d'émotions mais heureux d'être ensemble.

La route se poursuit et Iris reste songeuse…

6

Mais qui était l'homme au fond de l'église ?

A la sortie de la cérémonie des funérailles de Margot, deux hommes d'un âge similaire se saluent et se retrouvent sur le parvis. L'un interpelle l'autre avec une voix cassée.

— Hello le Magicien, comment vas-tu ?

L'autre, intrigué, ouvre de grands yeux bleus et le regarde du haut de sa stature. Il s'interroge car il ne sait plus de qui il s'agit.

— … ?

Le premier, sûr de lui et tout en s'avançant, lui rafraîchit la mémoire.

— Tu te rappelles quand nous étions au lycée …. à Pau.

— Peut-être ? Alors, c'était il y a bien longtemps…

— Nous t'appelions le Magicien.

— Ah, oui !

Se remémorant en un instant, ils se rapprochent avec une affectueuse accolade. Et celui qui l'a apostrophé continue.

— Tu te souviens, tu nous faisais toujours des tas de tour de passe-passe et tu semblais te tirer très bien de chaque situation difficile. C'est pourquoi nous t'avions surnommé ainsi.

Le Magicien réfléchit un instant, fronce les sourcils et réagit.

— Oui et toi tu étais baptisé le Voleur car tu aimais chaparder le moindre objet qui te tombait sous la main.

Les deux hommes, proches l'un de l'autre, rient à gorge déployée de leurs évocations.

Ils font le tour de l'église et marchent lentement le long des rues. Le Voleur boite légèrement et explique qu'il s'est fait une mauvaise cassure de la cheville à ski il y a de nombreuses années.

Ils ont la soixantaine. Le Magicien est pourvu d'une énorme touffe de cheveux et son compagnon est presque chauve. Leurs échanges s'animent avec chaleur.

— Que deviens-tu ?
— Je vieillis et, surtout, je suis fatigué.

Le Magicien a l'air surtout triste et un peu désabusé. Et l'autre poursuit son interrogatoire.

— Où étais-tu ?
— Je reviens de trois semaines en Birmanie. Et j'ai voyagé toute ma vie dans de nombreux pays, aux USA, en Chine, au Japon, au Brésil …

Son compagnon le regarde avec envie et admiration.

— Tu en as de la chance.

— Tu sais, ce n'est pas toujours si simple tous ces voyages. Il faut beaucoup étudier et négocier et tu n'as pas toujours du temps pour toi.

— Tu as dû voir tant de choses…

— Oui, mais j'ai surtout réalisé toutes sortes de constructions : des immeubles, des villas … Ce travail m'a passionné pendant une grande partie de ma vie.

— Je me souviens, tu dessinais sans cesse en cours. Madame Surlot te reprenait souvent, lui précise son compagnon de route.

— Oui, j'ai toujours aimé crayonner et faire des plans.

— Je crois que tu avais fait une école d'architecture.

— Bravo ! Tu t'en rappelles !

— Tu as eu le bonheur de pouvoir réaliser ton rêve.

— Oui, tu as raison.

Ils s'arrêtent un instant et le Magicien sort de son portefeuille une photo d'un de ses bâtiments dont il est très fier et la montre à son ami.

— C'est extraordinaire.

— C'était en Arabie Saoudite.

— Et toi où en es-tu dans ta vie ?

Ils reprennent leur chemin. Son ami, perplexe et songeur, lui dit :

— Moi j'ai plutôt voyagé dans les cœurs et aujourd'hui je me retrouve bien seul.

Le Magicien le regarde avec interrogation et tristesse.

— Moi j'ai toujours travaillé énormément avec des équipes. Aujourd'hui la solitude me pèse un peu. Mais, surtout, j'aurais aimé transmettre ce que j'avais appris et découvert à des jeunes par exemple. Avec le temps, on a beaucoup à dire...
— Tu sais, les jeunes sont parfois bien ingrats.

Un sourire éclaire son visage. Dubitatif et pensif, le Magicien ajoute :

— Mais donner c'est tellement extraordinaire.
— Oui, c'est vrai. Mais cela fonctionne souvent dans un seul sens alors ?
— Non, mon ami, si tu donnes tu reçois beaucoup.

Le Magicien reprend de la vigueur dans ses propos. Le Voleur l'observe et le flatte.

— Je vois que tu as gardé la carrure d'un grand sportif.

— Oui, c'est vrai, j'ai aussi gravi de nombreux sommets.

— Ah, oui ? Lesquels ?

— Le mont Everest dans l'Himalaya. Ce fut une longue et formidable excursion de soixante jours. Fatiguant mais très excitant. J'ai adoré !

Son ami veut en savoir plus. Ils ont tout leur temps.

— Je me souviens tu avais participé à une course automobile quand tu étais plus jeune.

— Oui, sur le circuit d'Imola en Italie. Mais je n'étais pas très bon. Alors, j'ai arrêté. Et, c'est tout un art de piloter les bolides de course. Ce sont aussi des sommes considérables englouties !

Ses souvenirs reviennent.

— Et puis, j'ai un ami qui a eu un grave accident. Heureusement, seule la voiture avait été touchée. Il s'en était sorti indemne.

Les deux compères finissent par avoir soif. La conversation se poursuit dans un tout petit café sur la place de l'église. Le patron les accueille un peu sèchement. Il en a eu du monde depuis ce matin … et il les installe dans un petit coin tranquille et leur sert deux spritz avec quelques cacahuètes.

Et le Voleur poursuit la conversation.

— Tu connaissais bien Margot ?

— C'était une femme extraordinaire qui avait toujours sa porte ouverte. Mais je ne veux pas aller chez elle car je suis trop triste et je n'apprécie pas cette Rubis.

— Ah bon, pourquoi ? Tu la connaissais.

— Oui, autrefois … Nous étions sortis ensemble. Aujourd'hui, elle « joue à la parisienne » et s'affiche avec son mari comme une parvenue.

— Tu as un jugement bien sévère !

Le Magicien montre un air contrarié. Il ne souhaite pas s'étendre sur sa relation passée. Il ajoute néanmoins.

— J’étais sorti avec elle mais je ne sais pas ce qu’elle est devenue. Et, peut-être, que je n’ai pas envie de le savoir. Elle avait un caractère infernal !

— Tu crois qu’elle a des enfants ajoute-t-il sans vouloir en savoir davantage.

— Je pense…

Son ami ne posera pas plus de question et ils se quitteront en échangeant leurs coordonnées pour d’autres retrouvailles ?

7

Les deux femmes, Rubis et Iris, avaient promis de se revoir...Rubis a fait le premier pas et joint Iris.

Rubis est persuadée qu'Iris reste peu de temps à Paris. C'est la raison de son appel empressé. Elle lui a donné rendez-vous dans un café ... Elle voudrait la voir rapidement et échanger avec elle dans un autre cadre que celui de l'enterrement de sa mère. Et peut-être lui parler de ce qu'elle a sur le cœur. Mais le pourra-t-elle ?

Une date est trouvée. Rubis et Iris ont une foule d'occupations ! Rubis avec son magasin de fleurs et décoration. Et Iris avec sa nouvelle prise de fonction et les rencontres des uns et des autres.

Elles ont décidé de se rejoindre un vendredi à midi dans un petit restaurant du 15ème arrondissement de Paris, chez Ernest. Rubis connaît l'endroit car elle habite tout près et il lui arrive d'y aller de temps à autre.

Rubis est à l'heure. Elle a réservé une table. La foule n'est pas encore arrivée.

Le serveur la salue et lui demande de ses nouvelles. Ils parlent de la pluie et du mauvais temps tout en l'accompagnant vers une table tranquille qui lui est destinée. Des odeurs appétissantes parviennent des cuisines.

Iris arrive en courant avec un peu de retard. Essoufflée, elle précise à l'accueil qu'elle est attendue. Un garçon juste aimable l'invite à le suivre pour rejoindre Rubis. Sa mère radieuse se lève pour l'embrasser et la serre dans ses bras. Iris se retire vite de son étreinte.

Elle oblige Rubis à déplacer ses affaires étalées sur la chaise en face d'elle pour pouvoir s'asseoir. Rubis a l'habitude de prendre toute la place avec sa grande taille et sa voix tonitruante.

Iris observe la tenue de sa mère très originale aujourd'hui. Elle a dû se précipiter et se faire tremper par la pluie. Même quelques odeurs parviennent jusqu'à Iris : un mélange d'humidité et de fleurs. Iris n'en sait pas plus sur ses activités dans son magasin.

Iris s'est dépêchée pour être à l'heure. Elle s'est trompée de direction. Elle aussi est en nage mais avec le reste d'un léger parfum. Iris pose sa veste et enlève son foulard avant de s'installer sur la chaise en face de Rubis. Les places ont serrées. Nous sommes à Paris !

Les nouveaux voisins de table regardent Rubis. Son timbre de voix est élevé ! Ils se demandent quand va-t-elle se calmer ?

Rubis continue la conversation.

— Tu t'es coupé les cheveux ?
— Non, il y a longtemps.
— Tu n'as pas très bonne mine !
— Je me suis couchée tard hier soir.

« Elle me fatigue avec toutes ces questions », se marmonne Iris.

Le bistrot sature à grande vitesse. Le volume des paroles s'amplifie. Les odeurs emplissent leurs narines de saveurs délicieuses. Le fréquent crissement des chaises tirées et décalées heurtent leurs oreilles. La clientèle plutôt jeune à cette heure de la journée donne du dynamisme !

Iris caresse la nappe à petits carreaux rouge et blanc qui confère un air authentique à ce lieu. Même si les serviettes sont en papier et non en tissu rouge. « Ces couleurs me réchauffent ! » chuchote Iris à sa mère. Les murs sont chargés de vieux cadres. « Les photos jaunies qui les décorent gratifient cet endroit d'un côté vieillot qui a son charme », ajoute Iris.

Elle perçoit que Rubis s'impatiente. Des rougeurs apparaissent sur ses joues. Et Rubis peste :

— Je dois retourner rapidement à la boutique.

— C'est loin ?

— Non, mais j'aime être là quand les bouquets sont préparés avant d'être transportés chez le client.

Pour la calmer, Iris aborde un autre sujet :

— Parle-moi de tes enfants. Comment vont-ils ?

— Zoé travaille très bien. Elle a un caractère difficile. Elle aime avoir toujours raison. Mais elle sait ce qu'elle veut.

Iris pense qu'elle doit ressembler à sa mère.

— Et Arthur ?
— Il a de bonnes notes aussi. Il devient un adolescent avec toutes les difficultés de cet âge. Mais c'est un gentil garçon. Cette période n'est pas facile pour les parents !

L'air découragé de Rubis accentue son énervement. Tout doucement Iris lui parle de son expérience.

— Je suis passée par là avec mon fils Augustin. Avec de la patience et beaucoup d'amour nous avons avancé.
— Comment va-t-il ? Je l'ai aperçu lors de l'enterrement de ta grand-mère.
— Il travaille énormément. Ses études l'intéressent et il s'est fait de nombreux amis à Paris.

Rubis bougonne et la regarde avec un visage sévère.

— Il pourrait venir me voir…

— Il a peu de temps et tu n'es pas très facile à joindre…

— C'est vrai je suis débordée !

Les deux serveurs sont dépassés par le service. Le monde a afflué d'un coup. Ils sont pourtant habitués à ce stress des heures de pointe.

Rubis et Iris, impatientes, échangent quelques mots sur leur trajet respectif, le restaurant, leur semaine. La conversation est assez convenue. Quand Iris ose aborder un autre sujet.

— Comment va James ?

— Pas bien. Il est de plus en plus déprimé.

— C'est dur pour toi. Il se fait toujours soigner ?

— Oui, mais j'ai l'impression que les choses s'aggravent. Il ne réalise pas grand-chose.

— C'est vraiment lourd !

— Oui c'est vrai. Je suis tellement occupée que je n'y prête plus attention. Et surtout je me sens bien impuissante et désarmée face à son état.

Et la conversation s'arrête vite. Leurs attitudes sont gênées. Rubis est tendue. Iris le sent. Le visage de sa mère se durcit encore plus. Iris est presque paralysée. Des silences s'installent. La conversation reprend sur des banalités.

Rubis réanime la discussion en expliquant tout ce qu'elle a déjà accompli dans sa journée.

— Je suis éreintée car ce matin je me suis levée à 6 heures pour chercher des fleurs à Rungis. C'est incroyable, il y avait déjà des embouteillages !
— Tu te lèves si tôt tous les matins ?
— Non, tous les deux jours ou parfois plus, cela dépend des commandes. Tu sais que je suis spécialisée dans la décoration florale chez des particuliers et dans les entreprises.
— Tu dois avoir énormément de travail.
— Au retour de Rungis, j'ai dû expliquer à Madame Doras comment installer dans le magasin tout ce que j'avais rapporté. Ensuite, j'ai été contrainte de rappeler différents clients pour des commandes. J'ai l'impression que lorsque je ne suis pas là le travail n'avance pas !
— Tu ne veux pas t'arrêter un peu ?
— Sûrement pas. Je ne le peux pas !

Devant tout cet étalage d'occupations, Iris ose à peine parler de son emploi du temps et en a-t-elle envie ?

Puis Rubis évoque à nouveau Margot. Elle lui confie combien sa vie avec sa mère fut difficile. Le peu de liberté qu'elle avait. Rubis était fille unique et très surveillée. « Comme l'huile sur le feu ! » ajoute-t-elle. Une sorte de dictature intime entre sa mère et elle.

« Une attitude qui ne se voyait pas de l'extérieur », songe Iris.

Iris écoute, étonnée et dubitative. Même si elle sait que ce que l'on voit des autres n'est qu'une facette. Elle semblait bien connaître la mère de Rubis.

L'environnement devient de plus en plus sonore. Mais Iris ne veut pas interrompre les confidences de Rubis. Elle pense qu'elle a besoin de parler. La voix de Rubis a baissé de ton.

Rubis évoque aussi un ami qu'elle avait aperçu au fond de l'église. Elle ne comprend pas pourquoi il n'était pas venu à la maison. Oui, elle était occupée avec les uns et les autres. Mais il y avait bien longtemps qu'elle ne l'avait revu. Elle aurait aimé lui parler

— C'était qui ? demande Iris très intéressée.

— C'est compliqué, lui répond Rubis.

A ce moment là, le garçon vient enfin prendre la commande. Iris, par facilité et pour simplifier les choses, se range aux souhaits de Rubis comme elle l'a toujours fait. Et elle ne veut pas contrarier sa mère de peur de ses réactions toujours très vives.

En regardant la carte, Rubis sursaute en évoquant une boisson qui lui rappelle une certaine époque. Et elle commence à réveiller quelques souvenirs.

— Tu te rappelles quand nous allions chercher le lait chocolaté ?

— Oui, je n'aimais pas.

Iris met vite un terme à cette allusion. Elle ne souhaite pas parler de son passé.

Rubis reprend son débit de paroles en répétant combien elle avait souffert avec sa mère. Elle devient blanche, ses yeux sont tristes et ses lèvres tendues.

Rubis lui parle d'un cahier qui se transmettait de génération en génération.

— A quoi servait-il ? lui demande timidement Iris.

— C'était la mémoire de tous ceux qui nous avaient précédés avec leur vie et les témoignages de leurs actions.

— Et qui possède ce document ?

— Eh bien ! La personne qui en est digne.

Un silence s'installe et le visage de Rubis s'assombrit. Iris s'aventure à poser la question :

— C'était qui la personne qui en était estimable ?

— C'était ma mère.

— Et maintenant ?

— Elle l'a donné à une de mes cousines. Tu comprends mon agacement, mon humiliation et la rancœur que j'ai pour ma mère…

Iris est dans le doute et n'ose remettre en cause sa vision de la mère de Rubis. Elle a les yeux écarquillés, le regard interrogateur. Une main qui soutient sa tête pour mieux se concentrer et essayer de comprendre la douleur que lui exprime Rubis.

Les plats qui embaument leur sont apportés. Une escalope panée et du riz. Elles commençaient à avoir vraiment faim.

Et maintenant ce sont surtout les couverts que l'ont entend. Chacune avale rapidement son repas en s'octroyant une courte trêve de conversation car l'heure tourne. Et Rubis sait qu'elle doit encore se changer pour rencontrer des clients dans l'après-midi.

A nouveau des bruits de chaises, un groupe de personnes qui parlent fort, les serveurs qui courent dans tous les sens. Des piles d'assiettes qui s'entrechoquent. Toute cette animation allège la rancœur ressentie par Rubis.

Elle regarde sa montre. Son rendez-vous est à l'autre bout de Paris. Iris, aussi, doit partir travailler. Rubis reprend de sa prestance et lui annonce qu'elle rencontre des personnes d'une importante société de communication et précise :

— L'installation de décors en fonction de la demande de ma clientèle m'implique d'être toujours opérationnelle et en pleine forme. C'est une rigueur qui me colle à la peau.

Rubis prend un air autoritaire.

— Iris, est-ce que je peux te demander de ne divulguer à personne ce que je viens de te dire à propos de ma mère et du cahier ?
— Oui, bien sûr, tu peux compter sur moi, toute cette conversation restera entre nous.
— Je t'en remercie.

Rubis se lève. Elle attrape ses affaires et se dirige vers la caisse.

— C'est moi qui t'offre le déjeuner.
— C'est très gentil. Merci.

Iris n'a pas pu et, sans doute, pas voulu parler à sa mère de sa vie. Elle savait que Rubis n'aurait pas apprécié ses souhaits de changement. D'ailleurs elle ne souhaitait pas s'imaginer qu'Iris se pose tant de questions ? Alors, Iris aspirait encore moins à lui confier sa joie d'avoir gagné une participation à une course automobile. Et en plus grâce à un bon de participation trouvé dans une revue !

« J'espère que nous nous reverrons bientôt ! » lui lance-t-elle à la volée.

Iris n'a pas envie de partager d'autres moments avec sa mère. Elles se sont trop éloignées…

A peine le temps de s'embrasser qu'Iris s'échappe de l'emprise de Rubis et chacune s'envole vers ses occupations…

8

Elvire, une cousine d'Iris retrouvée à l'enterrement de Margot, lui propose un dîner chez des amis.

Iris est partagée. Elle ne les connaît pas et ne sait pas qui fréquente Elvire. Comme elle aime les surprises et les découvertes elle se laisse tenter par l'invitation tardive. Dans sa tête s'échappe une petite phrase « Et si c'était une soirée fantastique ? »

C'est déjà l'heure de se préparer. « Que vais-je porter ? Dans quelle tenue me sentirai-je mieux pour être à l'aise et avoir confiance en moi ?» Iris ouvre son placard et tous les vêtements entassés dégringolent ! « Pas le courage de tous les trier ! » Elle prend le premier qui lui tombe sous la main. « Non ! Je ne me sens pas bien. Je me trouve trop grosse et affreuse ! » Iris choisit une robe noire. Le miroir lui renvoie une image qui lui plait et elle s'imagine en star de la soirée. « C'est parfait ! » s'exclame-t-elle. Quelques bijoux étincelants pour égayer le tout et c'est parti ! « Ah oui, peut-être une veste ? Pas trop voyante mais un peu quand même… » Quelques gouttes de parfum, une ou deux retouches sur son visage et la voilà prête !

Iris réfléchit un instant « les vêtements parlent de vous ? Oui et non. Lorsque vous regardez quelqu'un c'est surtout la vision d'ensemble, son allure générale que vous voyez ? »

Pour lui faciliter le trajet et par amitié, sa cousine passe la chercher. « L'actrice Iris » descend de son sixième étage ! Ses talons hauts et sa robe ajustée l'obligent à ralentir ses pas. Un voisin ouvre sa porte, lui cède le passage et lui adresse un « bonsoir chaleureux. » Toute enivrée, elle poursuit en dévalant l'escalier et rejoint sa cousine qui venait d'arriver dans le hall. « Que tu es belle ! » et elles s'embrassent chaleureusement.

Très vite elles attrapent un Uber pour se rendre chez les Vianne. La voiture est grande, confortable. Iris a changé de monde. Elle se laisse bercer et émerveiller par la vision de la ville de Paris la nuit. « Tous ces faisceaux lumineux sur les immeubles sont comme des bougies incandescentes ! » Elvire ne semble plus faire attention à ce joyau. Quelques clignotements lumineux de grandes publicités embrasent sa féérie.

Cà y est ! Elles arrivent chez les amis. Un ascenseur digne des beaux hôtels haussmanniens les monte au 3ème étage. Une grande femme avec une belle allure leur ouvre la porte. Peu de bruit s'échappe au loin. Son accueil est convivial. Elle déborde de paroles très aimables à l'égard d'Iris qui la remercie et lui exprime son bonheur d'être là. Iris n'y met pas trop d'effusion mais de la politesse. Elvire l'a avertie des codes.

Elles s'avancent toutes deux. Iris est ébahie. Elles découvrent un immense appartement avec une grande hauteur sous plafond. Iris est époustouflée ! Le décor la submerge. D'immenses tableaux de portraits, peut-être d'aïeuls, recouvrent les murs. « Il y en a trop ! » Elle ne parvient pas à les apprécier. Une magnifique cheminée de marbre avec une odeur de bois brûlé apporte encore plus de prestance à ce premier salon

Cette pièce bouillonne de ses invités. Leurs tenues, robes ou pantalons, sont plutôt élégantes et raffinées. Les voix se mélangent et s'amplifient sans harmonie. Les tons aigus et graves renvoient un charivari rocambolesque.

Iris est déroutée. Elle ne connaît personne mais observe le spectacle. Sa cousine attrape l'un ou l'autre qu'elle retrouve avec délice. Elle s'empresse de les présenter avec habileté. Dans la tête d'Iris c'est un embrouillamini de noms qui lui donne le tournis. Iris sourit à chacun. Une sorte de politesse est de mise. La signification de ces présentations lui est comme étrangère. Sa cousine possède un savoir-faire qu'elle lui reconnaît. Iris découvre cette comédie. L'un enchaîne des phrases sans se rendre compte que son interlocuteur est parti. Et le suivant surgit dans la conversation qui continue. Ainsi, les uns posent des questions comme s'ils n'attendaient pas la réponse. Les autres regardent ailleurs tout en vous parlant. Chacun se distingue par l'originalité de son habillement. Les traces des parfums se diffusent à travers les salons. Les voix s'embrouillent : une femme parle très fort. L'autre s'exprime tout doucement. Cet homme mange la moitié de ses mots. Cet autre laisse une odeur qui vous pollue.

Elvire embrasse chacun comme s'ils étaient tous ses amis. Mais pour Iris, ce brouhaha la fatigue et l'ennuie vite.

Après quelques conversations, plutôt superficielles, elle se dirige vers le buffet. Il est magnifiquement décoré. Les ingrédients sont bien présentés et très appétissants. La valse des plats montre que les convives en ont déjà bien profité. Iris regarde les décors.

Un homme plutôt avenant s'approche d'elle. Il est plus âgé que les autres invités mais n'est pas le seul. Il parait avoir la soixantaine. Une grosse masse de cheveux poivre et sel lui donnent un certain charme. Des yeux bleus un peu tristes.

Il lui propose un verre. Elle opte pour du vin rouge, son préféré et lui pour du champagne qu'il juge fameux. Il lui tend quelques petits salés et Iris engage la conversation.

— Vous connaissez quelques personnes ?
— Seule la maîtresse de maison.

Iris se sent moins isolée. Une jeune femme passe avec des petits fours chauds et une serviette.

— Attention, c'est brulant ! lui dit-il

— Mais, c'est vraiment délicieux.

Et l'homme, fier de son approche, poursuit le dialogue, heureux de bavarder avec quelqu'un.

— Vous habitez Paris ?

— Oui et non ?

— Et vous

— Je pourrais vous faire la même réponse.

Iris le regarde d'un air interrogateur. Ce mystère l'attire et l'homme continue ses explications.

— J'ai habité à Pau il y a longtemps.

— C'est drôle, moi aussi, je vis à Pau.

— Vous êtes venue ici pour quelques jours ?

— Oui, j'avais envie de retrouver des amis parisiens.

Iris ne souhaite pas se dévoiler.

— Et vous, vous connaissez nos hôtes ?

— Non, c'est une cousine qui m'a invitée tardivement.

Iris reste sur ses gardes tout en observant sa manière d'agir. Elle ne souhaite pas s'aventurer davantage.

Quant à lui, il parle peu de sa personne. Lui non plus, ne s'ouvre pas trop dans ce premier échange.

Se sentant bien, ils bavardent encore. Ils évoquent le monde, la société, les choses de la vie. C'est un moment de bienveillance et intéressant de part et d'autre. Chacun s'écoute et se regarde sans se parer des plus beaux atours pour donner ses explications.

Fatigués d'être debout, ils traversent les différentes pièces en se faufilant entre les uns et les autres. Et de justesse ils évitent de se perdre de vue.

Dans un coin d'un autre salon, un peu à l'écart, ils s'assoient. Et c'est avec délice qu'ils continuent à « refaire le monde ». Ce processus fait du bien. Chacun exprime ses idées et même son ressenti. « C'est un mode de discussion facile pour éviter de parler directement de soi », songe Iris.

Ici, les lumières sont plus douces. Un joli sofa confortable recouvert d'un plaid indien avec de gros coussins les invite à la détente … Iris, bluffée par la culture de cet homme, lui demande où il a tant appris.

— J'ai beaucoup voyagé.

— C'était pour votre métier ?

— Oui, comme architecte j'ai réalisé diverses constructions à l'étranger.

— Pourquoi à l'étranger ?

— Une fois mes études achevées, je souhaitais partir loin et voir ce qui se faisait ailleurs dans le monde. J'avais envie de grands espaces et de connaître d'autres cultures.

Iris est tout ouïe à ses récits. Ils sont comme étrangers aux personnes autour d'eux, enfermés dans leur cocon. Son compagnon de soirée aspire à en apprendre plus sur Iris.

— Et vous, dans quelle société travaillez-vous ?

— Dans un Institut de sondages.

— Cela doit être passionnant. C'est à Pau ?

— Oui.

— Vous restez longtemps à Paris ?

— Je ne sais pas encore.

Comme il lui raconte ses expériences sur plusieurs circuits, Iris lui lâche tout d'un coup avec enthousiasme :

— J'ai un grand espoir de participer à une course automobile.

— Ah bon ! C'est formidable.

— Où est-ce ?

— Sur le circuit d'Issoire.

— J'y suis déjà allé et j'aimerais bien y retourner.

Iris laisse ses pensées vagabonder. Elle observe la pièce où ils ont accédé, un lieu très épuré avec quelques toiles modernes sur des murs blancs. « Un mélange de genre qui dénote une certaine ouverture. Les rideaux rouges donnent de la chaleur aux salons. Les lumières tamisées invitent à une atmosphère particulière même si le bruit est assez assourdissant », pense Iris.

Au milieu de tous les invités, Elvire tournoie et cherche Iris pour l'introduire auprès de connaissances. Elle répond aimablement à ces présentations qui l'importunent. Mais elle tient à faire honneur à sa cousine.

Elvire repart avec le présenté qu'elle a attrapé par la main et elle l'emmène tambour battant dans une autre direction. En l'observant, Iris ne peut s'empêcher de penser combien elle est à l'aise dans ce tourbillon. Comme si elle pratiquait fréquemment ce genre de rencontres.

Iris et son chevalier servant n'ont pas bougé de place. Ils se sentent bien ensemble. Leur tête-à-tête ne s'éternise pas car il est prévu « qu'il entre en scène » comme il l'explique à demi-mot à Iris. Tous deux espèrent se revoir sans même avoir le temps d'échanger leurs coordonnées…

La maîtresse de maison surgit et vient chercher le compagnon de soirée d'Iris. Elle le prend par le bras et le conduit dans un coin d'un des salons où se trouve une estrade de fortune. Ils grimpent tous deux dessus. Et, elle demande le silence. Les invités sont ahuris et se calment. Elle le présente comme un ami d'ami particulièrement doué pour exécuter des tours de magie.

Chacun, avec étonnement et curiosité, s'est arrêté de parler. Les uns et les autres se déplacent et se rapprochent pour mieux observer ce qui va se passer. La bousculade a fait place à une installation de fortune.

« L'homme prestidigitateur », après avoir remercié la maîtresse de maison pour les propos si élogieux à son égard, démarre son animation avec aisance.

Ce sont des cartes, des foulards, des balles … Et les tours se succèdent avec une adresse incroyable. Des couleurs chatoyantes vont et viennent autour de lui. Chacun essaie de capter la surprise. Sa présence et son adresse laissent l'assemblée bouche bée.

Les applaudissements font rage et chacun y va de son commentaire chuchoté.

Entre deux tours, c'est une histoire racontée avec beaucoup d'humour qui enchante les uns et les autres. Tous attendent la prochaine. Les rires fusent.

Iris est aux anges et savoure cet espace de « merveilleux. »

Elvire, qui s'est rapproché d'Iris, ne connaît pas cet homme mais semble aussi l'apprécier.

Après trente minutes, le spectacle se termine et, sous les acclamations, l'homme disparaît à l'anglaise.

Iris engage le dialogue avec Elvire.

— Il est vraiment doué !

— Ses tours sont dignes d'un professionnel.

— Tu l'avais déjà rencontré ?

— Non, pas du tout. J'avais vu qu'il était différent des autres personnes et je me demandais ce qu'il faisait là ?

— Mais vous avez parlé longtemps ensemble…

— Oui, je suis restée avec lui car les expériences qu'il me racontait sur ses voyages étaient captivantes. J'ai pu apprécier son intelligence et son ouverture d'esprit.

Iris en a les yeux qui brillent. Elvire cherche à comprendre.

— Il t'a été présenté ?

— Non, nous nous sommes retrouvés au buffet et j'ai engagé la conversation.

— Quand je t'ai retrouvée, il y avait longtemps que tu étais avec lui ?

— Oui. Et je suis restée jusqu'à ce que notre hôtesse vienne le chercher. Il était si brillant ! Je n'ai pas vu le temps passer.4

— Tu as peu parlé avec les autres personnes ?

— Si, mais très superficiellement car passer de l'une à l'autre m'était pénible.

Sa cousine serait-elle un peu jalouse d'Iris ?

— Quel dommage ! je vois qu'il a filé maintenant.

— Pourquoi dis-tu cela Elvire ?

— J'aurais aimé lui parler, qu'il me fasse aussi partager ses aventures. Il avait l'air si merveilleux !

Il est tard. Les uns et les autres ont un peu abusé de l'alcool. L'atmosphère est devenue moins formelle et finalement plus agréable pour Iris. Les personnes se lâchent. Les confidences se répandent.

Mais Iris préfère rester sur le souvenir de cette bonne soirée passée à côté de cet homme qui l'aura surprise, étonnée et peut-être un peu émerveillée. « Si je le baptisais le Magicien », se chuchote-t-elle intérieurement. « Le reverrai-je ? »

Les deux cousines ont la chance qu'un des invités leur propose de les raccompagner. Leur chauffeur est un vrai moulin à paroles. Ce qui n'empêche pas Elvire de s'assoupir légèrement à l'arrière de la voiture. Iris, toujours aussi charmée par la vision de Paris la nuit, répond à son voisin de peur qu'il ne s'endorme.

Ç est d'abord au tour d'Elvire d'être déposée au pied de son immeuble. Et comme les trajets sont rapides de nuit, Iris se retrouve vite chez elle et se jette dans son lit avec des rêves plein la tête…

9

Rubis, après avoir déposé ses enfants, file ouvrir sa boutique.

Aujourd'hui est une journée où elle ne va pas acheter ses fleurs à Rungis. Ce qui lui permet d'accompagner Zoé et Arthur le plus près possible de leur établissement scolaire, l'une au lycée et l'autre au collège. Ils râlent et sont agacés car ils préfèrent y aller avec leurs amis mais ce jour-là ils n'ont pas d'autre option.

Rubis conduit vite et trouve une place sans difficulté. La voilà arrivée dans sa boutique ! Elle salue froidement ses employés et se met rapidement au travail. Rubis est passionnée par la création florale. Elle n'a pas eu besoin de passer des examens pour apprendre le métier. C'est comme si elle l'avait toujours su. Rubis s'était aussi formée aux bases et à la gestion d'entreprise en lisant des livres et en écoutant des vidéos. Elle avait même acquis des connaissances en botanique comme les techniques de conservation et de séchage des végétaux, les soins et besoins de chaque plante. Elle voulait toujours en savoir plus.

Rubis possède un sens de l'esthétique inné qui lui permet d'élaborer des compositions et bouquets bien équilibrés. Vous vous rappelez ceux de l'enterrement de Margot, c'était elle.

Quand elle habitait à la campagne, grâce à sa Tante, elle avait appris le « langage des fleurs » la portée symbolique qui leur est associée. Elle se rappelait certaines significations : pour la tulipe, « une vraie promesse », pour la rose blanche et le magnolia, « le respect. », pour le dahlia « les remerciements »… Selon l'occasion, chaque fleur a son mot à dire, influencée par son histoire, sa saisonnalité. « Les fleurs transmettent nos sentiments, parfois mieux que des mots » aime-t-elle à répéter. Ainsi, Rubis facilite le choix de ses clients, toujours soucieuse de perfection.

Plus jeune, à chaque fois qu'elle se retrouvait en dehors de chez elle et comme beaucoup de petites filles, elle ramassait des fleurs et profitait de ses cueillettes pour installer des bouquets dans toutes les pièces de la maison avec toujours beaucoup d'élégance et d'harmonie.

Rubis est une vraie décoratrice florale. Elle a eu la chance de démarrer facilement son magasin grâce à l'apport financier de son mari James.

Sa journée a été harassante. Elle se termine enfin. Ses salariés s'en vont épuisés.

C'est l'heure où ses enfants rentrent à la maison. Elle se plaint auprès de Madame Doras qui est encore là près d'elle.

— Ils mettent de la pagaille partout. Ils arrivent en jetant leur cartable au milieu du couloir comme s'ils étaient fatigués de leur école et voulaient se débarrasser de tout le poids du jour !

— Vous savez ils sont sans doute épuisés et ils sont seuls !

— Ils en profitent pour s'affaler sur leur lit avec quelque chose à boire ou à grignoter, ce que je leur interdis …

Tendue, Rubis les appelle. Elle veut savoir s'ils sont bien rentrés et ce qu'ils font.

— Bonsoir les enfants. Vous avez passé un bon lundi ?

— Oui ça va …

— Zoé, le cours de piano s'est-il bien déroulé ?

— Ouais …

— Et toi Arthur, ton cours de judo, tu t'es éclaté ?

— Bof !

Elle écoute à peine leur retour, pressée de leur donner ses ordres.

— Continuez votre travail et mettez-vous à table car je rentrerai tard !

Elle crie très fort dans l'appareil. Sa voix est mise en haut parleur et résonne dans tout l'appartement. Ses enfants semblent être habitués à ce genre de remarques, ils ne font plus attention à ce qu'ils entendent et continuent leurs activités.

Après une pause, ils vont vite travailler car ils connaissent l'exigence de leur mère.

Un peu plus tard, Rubis leur passe un autre coup de fil pour leur dire ce qu'il y a dans le frigidaire et les plats à réchauffer pour le diner. Son langage reste autoritaire et peu chaleureux.

Rubis n'a pas oublié qu'Iris vient la retrouver ce soir dans sa boutique.

Iris apparaît, imprégnée de naturel et pimpante. Les deux femmes s'embrassent. Sa fille émet toujours de la réserve et de la distance.

— Bonsoir Iris. Je suis contente que tu sois là.

— Je ne pouvais pas venir plus tôt.

— C'est très bien ainsi.

Iris pénètre dans le magasin. Elle est à la fois étonnée et curieuse. Une vraie forêt vierge ! Toutes ces odeurs lui donnent mal à la tête. Quel fouillis ! « Mais comment parvient-elle à s'y retrouver ? » songe-t-elle.

« Que d'humidité ! » C'est sûrement normal car toutes ces fleurs ont besoin d'eau.

« Les différents espaces de la boutique sont exigus, humides et à des températures bien spécifiques pour chaque plante », lui explique Rubis.

Iris entend des gazouillements d'oiseaux. Ce sont des perruches dont Rubis apprécie la compagnie. Elle leur parle sans attendre de réponse comme à son habitude avec chacun !

Les deux femmes traversent la première pièce et vont s'asseoir dans un petit recoin. Iris est étonnée de découvrir l'environnement de sa mère.

— Incroyable cette collection de fleurs. Et cet arbuste qui ose me chatouiller la joue ! Ces variétés ont l'air de bien s'entendre. Certaines même s'entremêlent…
— Installe-toi maintenant. Faufile-toi dans ce petit coin. Comment vas-tu ?

— Bien.

Iris ne veut pas en dire plus. Elle sait que sa mère critique tout ce qu'elle entreprend : pas assez bien, pas assez grand, pas assez payé...C'est toujours cette expression de « pas assez » qui revient automatiquement. Iris sait que Rubis prend plaisir à briser ses projets. Alors, elle se concentre à nouveau sur son objectif du soir : elle est venue pour aider sa mère et l'entendre. Et elle l'écoute :

— J'ai envie de te parler de mon métier pour que tu voies si mon site est en accord avec ce que j'offre.
— Très bien, je suis toute ouïe.
— En tant que fleuriste, ma spécificité c'est la décoration florale événementielle. Lorsque j'interviens sur un événement, je suis amenée à élaborer des décors sur-mesure dans le but de magnifier une pièce ou un lieu tout entier. Ma visée est de créer un univers végétal, qui respecte le thème imposé et qui s'adapte parfaitement à l'environnement.

Iris arrête la conversation un moment.

— C'est intéressant et pas facile. Les clients doivent être très exigeants.
— Oui. Je détiens aussi dans mon magasin, quelques objets de décoration d'intérieur et du petit mobilier que je vends. La décoration est mon autre passion.

Iris découvre avec intérêt et émerveillement toutes les facettes de la profession de sa mère.

— Quel travail !
— Je ne suis pas seule dans ma boutique, j'ai deux autres personnes à temps plein et parfois je prends des extras. Difficile d'être partout : s'occuper de l'achat des fleurs, accueillir les clients, faire les bouquets, aller sur les lieux d'installation des décorations florales…
— Tu trouves facilement des personnes pour t'aider ?
— Oui et non. J'ai beaucoup de rigueur. C'est un métier où l'on ne compte pas ses heures. Parfois les gens démissionnent car c'est trop dur. Et je ne les comprends pas toujours.

Rubis n'en finit pas d'énumérer tout ce qu'elle accomplit et ajoute avec fierté.

— C’est aussi un métier fatiguant. Je me lève très tôt quand je vais à Rungis. Ce sont de gros lots de fleurs, des branchages et des produits de soin à rapporter. La camionnette revient très chargée !

— Tu y vas seule ?

— Non mais c’est moi qui choisis les fleurs car je les connais et j’ai l’expérience.

La bonne santé de Rubis lui permet de rester debout un grand moment de la journée. Il lui arrive de travailler les jours fériés et d’intervenir souvent les week-ends pour des évènements. Ses proches disent qu’elle n’est pas souvent joignable. Et son mari répond rarement au téléphone.

Iris lui pose encore quelques questions.

— Tu m’as parlé de salons professionnels.

— Oui. Je suis aussi amenée à aller dans les salons pour acheter des éléments de décoration pour des prestations particulières. Par exemple des pots, des vases, des guirlandes lumineuses, du ruban, du raphia… Je trouve aussi des bibelots et petits meubles que j’entrepose dans mon magasin.

— Quelle est ta clientèle ?

— J'exerce auprès des particuliers et des entreprises. Je travaille pour des missions ponctuelles lors de fêtes familiales : anniversaire, mariages. J'interviens également pour tout type d'événements professionnels : lancement de produit, séminaire et soirée en interne. Je réalise, aussi, des misions récurrentes, par exemple pour décorer les vitrines des commerces et des bureaux.

Rubis apprécie son rôle de conseil. A l'écoute de ses clients, elle les interroge sur leur situation. Elle n'en finit pas de les questionner. Elle veut tout savoir. Rubis les oriente avec autorité et professionnalisme.

Iris en vient à la question qui l'a amenée ici en fin de journée.

— Pourquoi veux-tu refaire ton site ?

— Avec le regain d'intérêt pour les végétaux, pour les plantes et les fleurs d'intérieur, le marché reste concurrentiel. Et en plus avec l'arrivée des fleuristes en ligne, je me dois d'être performante. C'est pourquoi je voudrais que tu améliores mon site et me permette de mieux utiliser les réseaux sociaux.

Iris l'interroge sur sa manière de travailler.

— Tu as beaucoup de matériel. Comment tu t'y retrouves ?
— C'est une question d'habitude et surtout d'organisation.

Agacée par Iris, sa mère la conduit dans un autre petit espace qui lui sert de bureau. Il est difficile de se frayer un chemin. « Toutes ces fleurs embaument même si le mélange des parfums donne un peu le tournis. Certaines sont déjà en bouquet. D'autres se courbent et c'est comme si elles vous saluaient de leur ramage», s'étonne Iris.

Toutes deux s'installent devant l'ordinateur de Rubis. Elle est fière de montrer à sa fille ce qu'un ami lui a déjà mis en place. Iris lui donne son avis :

— Ton site est bien mais un peu compliqué.
— Comment cela, il a été fait par un professionnel !
— Les personnes qui vont consulter ton site resteront un très court moment sur chaque page.

— Mais j'ai beaucoup à dire …

— Ce serait bien de tout reprendre pour ne garder que l'essentiel.

— Il est bon de donner envie aux personnes de te joindre.

Rubis est de plus en plus crispée par sa fille. Sa mère aime être écoutée et que l'on ne discute pas ses conseils. Les perruches, par leurs pépiements, semblent être d'accord avec elle.

Iris ne comprend pas pourquoi sa mère l'a fait venir si elle a la science infuse !

Avant qu'elle ne parte, Rubis souhaite aussi parler à Iris d'un souci plus global : elle est lasse de son activité qu'elle exerce depuis une dizaine d'année. Elle voudrait qu'Iris prenne la relève.

— Tu pourrais reprendre mes affaires.

— Mais non, tu as une forme extraordinaire.

— Et puis je n'y arriverais pas.

— Si je te montrais et t'expliquais les choses, tu t'en débrouillerais très bien.

— Pourquoi ? Cette activité t'appartient.

— Je suis fatiguée et avance en âge.

Mais il n'en est pas question ! Iris veut vivre sa vie comme elle l'entend. Elle ne s'attendait pas aux propos de Rubis. Iris se calme et lui parle avec beaucoup de détermination.

— Non, ce n'est pas mon truc. J'aime les fleurs mais je ne supporterai pas cette astreinte à une boutique.
— Je me déplace très souvent et rencontre du monde.
— J'ai besoin de liberté. J'ai envie de faire autre chose. Cette activité t'incombe. Tu pourras la revendre sans aucun problème. Et puis chacun ses choix !

A ce moment là, sa fille se tourne vers une rose blanche qui l'a séduite. La délicatesse de ses pétales plonge Iris dans ses rêves. « Non je ne peux pas lui parler de ma participation à la course automobile qui aura lieu dans quelques mois. Pourtant je voudrais tant lui annoncer cette bonne nouvelle ! Mais c'est comme si j'entendais toutes ses remarques résonner à toute volée ! »

Iris se referme et essaie de mettre fin à leur discussion.

Rubis est nerveuse et paraît anéantie par l'attitude de sa fille. Iris prétexte un dîner pour mettre fin à la discussion et éviter de l'envenimer davantage. Elle se lève. Tout en se dirigeant vers la sortie, elle promet à sa mère de regarder à nouveau son site et de lui envoyer ses remarques.

Ce sont des embrassades rapides et elle s'enfuit rapidement…

10

Iris essaie de joindre des amis de longue date pour les prévenir de sa présence à Paris. « Chacun a ses occupations mais je serais si heureuse de les revoir », songe-t-elle.

Ce soir, le téléphone retentit sans cesse suite aux différents messages qu'elle a laissés aux uns et aux autres. Iris a chaud au cœur. C'est son amie Christine. Allongée sur son lit, Iris bavarde un long moment avec elle. Elle en a des fourmis dans les doigts. Au hasard de la conversation et en évoquant des oncles et tantes, son amie lui parle d'un week-end de ski organisé par Jean.

— Tu te souviens de notre petite bande ?

— Oui, raconte-moi ce que devient chacun.

Christine ne tarit pas d'anecdotes sur les uns et les autres. Iris est aux anges et replonge dans ses souvenirs. Quand…

— J'ai un double appel, je te recontacte très bientôt. Bisous.

C'est Jean au téléphone. Les nouvelles vont vite ! Sa voix est toujours aussi chaleureuse. Il est si enchanté d'entendre Iris après tant de mois. Moins bavard que Christine, il lui propose rapidement une escapade avec son petit clan de skieurs.

« Je vais m'arranger pour me rendre disponible à cette date », s'entend lui répondre Iris. Elle est si contente à la perspective de se retrouver avec toute cette bande qu'elle a perdu de vue et au milieu des montagnes dont elle raffole.

Après avoir raccroché, tous ses souvenirs refont surface. « Plus jeune j'avais pratiqué ce sport grâce à mon cousin Paul qui m'invitait régulièrement à la montagne. J'appréciais la vitesse et la proximité de la nature que m'offrait cette activité. Ce sont tellement de souvenirs merveilleux. Le cadre idyllique, l'ambiance festive, les jeux de société le soir, les courses de vitesse sur la neige et le repos chaleureux après des journées de ski sans discontinuer… Juste le temps de sortir un sandwich et d'avaler une gorgée d'eau ou de se prendre un bon fou-rire entre copains ».

Iris faisait partie d'une équipe qui s'entraînait chaque année pour des compétitions. Malheureusement elles se déroulaient à des moments où elle n'était pas disponible, souvent pour des problèmes de santé qui furent importants pendant une période.

Avant de s'endormir, Iris se questionne avec appréhension « Il y a quelques temps que je ne suis pas remontée sur des planches ! Saurais-je me débrouiller ? » En même temps, elle pense à cette proposition de son ami et s'enthousiasme. « Formidable cette invitation, moi qui rêvait de dévaler, à nouveau, les pentes enneigées… » Elle s'y voit déjà ! Elle se met de la musique et danse comme une folle avant de se jeter dans un bon livre.

C'est un week-end où elle ne retournera pas à Pau. Le lendemain elle appelle Antoine qui accepte sa décision car il sent qu'elle en a besoin. Et lui a prévu une sortie avec des amis. Alors elle n'a pas de scrupule…

Iris se débrouille pour acheter rapidement des affaires de ski. « Chic ! Il y a déjà des soldes. »

Son amie Christine la rappelle pour l'organisation pratique du week-end car il a lieu dans dix jours ! Le temps va vite passer.

Les jours ont filé ! Nous y sommes déjà !

Après un trajet sympathique en train où retrouvailles riment avec victuailles, les voilà tous arrivés à la station de sports d'hiver de La Plagne.

Nous sommes en février, il fait très froid. Au vent s'ajoutent des flocons piquants. Leurs tenues de ski colorées les emmitouflent. Ils forment comme des boules qui s'entrechoquent. Chacun essaie de tenir sur la glace avec son sac à dos bien rempli.

Tous les cinq se dirigent vers une résidence où se trouve un petit appartement qui appartient aux parents d'un de leurs amis. Ils pénètrent l'un après l'autre dans le logement. Tout est au millimètre ! Sous les lits superposés s'emboîte un autre lit. Chaque table se plie et se déplie pour permettre le passage. Le tout dans un joli bois clair qui donne un peu de luminosité. C'est un lieu assez exigu pour autant de monde mais très chaleureux. Des photos de famille trônent un peu partout. On sent de la vie. Iris aime respirer cette ambiance familiale qui lui a tant manqué : voir des visages, sentir la chaleur du lieu et échanger avec ceux que l'on aime. Ils passent une première soirée à discuter, à se rappeler des histoires et à rire.

Le lendemain, la location du matériel effectuée la veille, les premières remontées et descentes s'enchaînent. Chacun y va de bon cœur et de belle humeur. Iris remarque leur agilité et leur précision face aux difficultés. « Ils skient comme des dieux ! Un style et une rapidité à vous couper le souffle» se dit-elle. La neige est bonne. La poudreuse a recouvert les plaques de glace. Il manque juste un zeste de soleil qui semble tout proche.

Tous font partie d'une équipe de skieurs qui ont l'habitude de s'entraîner ensemble. Mais Iris s'accroche pour être au niveau et elle est bien décidée …

A la fin de la journée, ils rentrent épuisés mais contents. Chacun range ses affaires mouillées. Marc s'agace de l'eau qui tombe sur la moquette.

Ils ne tardent pas à préparer le dîner tous ensemble. Un grand plat de ravioles dont la senteur envahit le lieu et ravit leur estomac. Un bon vin et un fondant au chocolat pour terminer. Ils s'étaient répartis l'achat des provisions pour le week-end.

La neige tombe au dehors. « Elle sera excellente demain ! » s'exclame Paul.

Après le repas et avant d'organiser leur nuit, ils racontent leurs meilleurs moments de la journée. Quand tout d'un coup ils évoquent une compétition qui se déroulera dans deux semaines. Iris est aux aguets ! En les entendant discuter de cette course, Iris leur demande si elle pourrait se joindre à eux.

— L'équipe dont je faisais partie s'est dissoute. J'aimerais tant vous accompagner. Vous avez vu ma façon de skier. Je vous suis sans problème.
— C'est vrai, tu as le niveau et tu te débrouilles très bien, lui dit Jean. Nous allons appeler notre

entraîneur et voir avec lui si c'est encore possible de t'inscrire compte tenu de ton engagement de dernière minute …

Iris en rêve. Elle voudrait tant se mesurer à eux. Elle insiste encore.

— Je peux me rendre disponible à ces dates et me préparer physiquement avant.

— Très bien, nous ferons tout pour te donner rapidement une réponse.

— Peut-être que je peux appeler moi-même l'entraîneur ?

— Attends, je m'en occupe, dit Marc un peu énervé.

Ses amis la sentent si déterminée et si pleine d'espoir qu'ils vont tout faire pour lui permettre d'intégrer les élus de la compétition.

Le soir, un appel de la mère d'Iris résonne. Iris, plutôt tendue, est en pleine négociation pour sa participation à la course…. Elle décroche, contrariée, et entend déjà les reproches …

— Tu ne m'as pas appelée comme tu me l'avais promis. Tu ne m'as pas envoyé tes appréciations sur mon site.
— J'ai eu beaucoup de choses à régler et des journées très chargées.

Iris ne souhaite pas en dire plus sur sa vie. Elle se tortille et se crispe.

— Je t'ai dit que j'étais fatiguée. Mais où es-tu ? Quel est ce bruit que j'entends ?
— Je suis à la montagne chez des amis.
— Ah bon ! Tu ne m'en avais pas parlé.

Iris se tourne et se retourne. Elle ne peut pas sortir. Elle essaie de se faufiler dans la salle de bain et lui annonce.

— Je vais peut-être participer à une compétition.
— Ah bon ! Laquelle ?
— Je ne peux rien te dire car je ne sais pas encore si je serai acceptée.

Iris est agacée. Elle n'aurait pas dû décrocher. Elle lui gâche sa soirée. Iris est partagée entre le fait d'écouter sa mère et de lui dire qu'elle est occupée.

— Maman, je te rappelle car nous sommes encore à table.

Elle a trouvé la parade pour quelques temps.

Après avoir raccroché, Iris n'ayant pu parler à l'extérieur, ses amis évoquent aussi les difficultés qu'ils ont avec leur mère.

— La mienne ne se soucie pas de moi, dit Jean un peu triste.

— Mais tu es son fils, ce n'est pas pareil, renchérit Iris

— Moi, elle veut toujours avoir raison, explose Christine.

— C'est le cas de ma mère, intervient Iris.

— Vous avez de la chance, moi, elle ne m'appelle jamais, s'exclame Marc.

— Elle m'a laissée seule pendant des années et maintenant elle veut tout savoir sur mon emploi du temps, ajoute Iris énervée.

Après ces échanges enflammés, l'un d'eux, Paul, met un terme à ces discussions.

— Prenons une petite tisane avant de tomber dans les bras de Morphée pour être en forme demain matin. C'est notre dernière journée !

Le lendemain, après une nuit un peu agitée dans l'attente d'une réponse à sa participation à la compétition et les propos sévères de sa mère, Iris se réveille de bon matin. Un petit déjeuner copieux avalé, ils filent vers les remontées mécaniques pour enchaîner encore descentes et remontées.

Iris est en forme et fonce sur la piste. La neige est délicieuse. Le froid est moins vif. Iris se laisse griser par la vitesse. Ses yeux se remplissent de la beauté du paysage.

Au milieu du parcours, l'un d'entre eux, Jean, reçoit un appel de leur entraîneur. Il rattrape Iris comme un fou pour lui annoncer la bonne nouvelle. « Tu as eu la chance de bénéficier d'un désistement de dernière minute ! » s'écrit-il. Iris l'embrasse avec effusion et lui promet de leur faire honneur. Jean sait que lorsqu'Iris décide quelque chose elle le fait à fond. Folle de joie, elle leur propose de leur offrir l'apéro le soir !

Mais avant, Iris a rendez-vous à 16 heures avec l'entraîneur pour lui montrer ses compétences. Ensuite, il validera sa participation à la course.

Iris dévale les pistes à toute vitesse. Elle est à la fois heureuse et inquiète.

Devant un petit bâtiment, elle est accueillie comme prévu par l'entraineur. Après un bref échange, les voilà tous les deux en route. Ils prennent la télécabine. Et la descente commence et se poursuit avec le test annoncé. Iris donne tout. Il lui livre quelques conseils. Iris écoute avec attention et un peu d'appréhension. Elle se demande si elle pourra y arriver ?

A l'arrivée, elle le regarde inquiète. Quand il lui lance : « C'est parfait ! » Ouf ! Il est d'accord pour accepter qu'elle fasse partie de l'équipe.

Le lendemain, Iris s'entraîne toute la journée. Elle fait honneur à sa bande.

Pendant le trajet de retour en train, épuisés, chacun s'endort mais Jean reste éveillé. Iris ne peut s'empêcher de lui raconter sa future aventure sur circuit.

— Figures-toi que j'ai gagné une participation à une course automobile !

— Quoi ? C'est fantastique. Je vais guetter cette revue et l'acheter, dit Jean.

— Peut-être tu pourrais gagner une autre fois ?

— Ce serait mon rêve.

Les voilà arrivés à Paris, fatigués mais heureux. Après ce bon week-end, tous reprendront leur vie en attendant de se retrouver bientôt pour la future compétition de ski…

11

Depuis qu'elles se sont revues, sa mère n'arrête pas d'appeler Iris…

Il est tôt ce matin. Iris n'a pas encore pris son petit-déjeuner. Le téléphone sonne. Elle laisse plusieurs sonneries, décroche et entend.

— Allo ma chérie, j'espère que tu vas bien.

Rubis n'attend pas la réponse et enchaîne avec une petite voix larmoyante…

— Iris, j'aurais besoin de toi pour m'aider à l'installation d'une grosse commande de fleurs.

Iris met son portable en haut-parleur et continue de préparer son bol de café. Son visage s'assombrit. « Ma mère ne m'appelle que pour des services. Et elle n'a pas compris que le métier de fleuriste ne m'intéressait pas », s'agace-t-elle tout en beurrant ses tartines. La tension d'Iris monte. Elle se raidit et lui demande entre deux bouchées.

— Que veux-tu que je fasse ?

— Je dois emmener des fleurs chez Ropo et je suis dans l'incapacité physique d'y aller. Figure-toi que j'ai de la fièvre et je ne me sens pas de force.

Iris est très étonnée car sa mère ne laisse jamais rien paraître, ni physiquement, ni moralement.

Iris se radoucit. Sa mère semble très fatiguée. Mais, elle n'est pas seule dans son magasin ?

— Tu as plusieurs personnes qui t'aident. Tu pourrais leur demander de te donner un sérieux coup de main ?

Rubis horripilée, lui répond sèchement.

— L'une est en congé et l'autre doit rester à la boutique pour accueillir les clients.

Iris, bien qu'encore endormie, réfléchit et essaie de lui trouver une solution. Elle cherche. Un silence s'établit. Iris peine à avaler son pain.

— Je ne vois pas comment je pourrais me rendre disponible lui explique Iris. J'ai tout un dossier en cours avec un énorme travail.

Elle n'a pas avoué à sa mère son changement d'activité. Rubis pense qu'elle est à Paris pour une semaine occupée avec des distractions à droite, à gauche. Sa vie ne semble pas intéresser Rubis alors pourquoi lui en parlerait-elle… Iris reprend la conversation pour l'aider à trouver une issue à son problème.

— Madame Doras qui est là depuis longtemps pourrait t'accompagner ?
— Non, je pense qu'elle n'y arriverait pas. Tu sais, cela demande beaucoup de savoir-faire. Installer les fleurs c'est tout un art. Il y a le mélange des couleurs. Les vases à répartir. La variété de fleurs à utiliser. Et tout cet ensemble reflète, en quelque

sorte, une manière de dire bonjour aux personnes qui pénètrent dans l'entreprise. C'est important et je ne l'imagine pas réaliser cette opération.

Rubis se perd dans ses explications et Iris reprend énergiquement.

— Mais moi je n'y connais rien. C'est un vrai savoir-faire.
— Je t'apprendrai et te montrerai. Si tu pouvais passer à la maison, je t'expliquerais et te donnerais toutes les consignes. Et puis, tu présentes bien, c'est important et appréciable.
— Maman, je t'ai dit que je n'avais pas le temps !

Iris sent que cette charge lui tombe dessus. Son esprit ne fait qu'un tour. Elle essaie de trouver un moyen de s'échapper. Sa mère renchérit avec une voix presque pathétique.

— Tu sais, je ne me sens vraiment pas bien. J'ai de la température et je ne tiens pas debout.
— Tu veux que je téléphone à un médecin ?
— Non. J'ai pris des médicaments que j'avais dans ma pharmacie.

Iris est mise au pied du mur et dans l'embarras.

— Je peux essayer de me rendre disponible un très court moment mais j'aimerais mieux que tu sois là.

Iris n'a pas du tout envie d'assumer complètement cette tâche. Elle vient de démarrer un nouveau boulot et tient à le garder.

— Tu sais j'ai différents rendez-vous que je ne peux reporter. Et puis j'ai des réunions à Paris la semaine prochaine.
— Ah bon, tu ne m'avais pas dit ….

Elle entend un soupir de sa mère !

— Je travaille pendant quelques temps pour un Institut de sondages partenaire de celui de Pau.
— Alors, tu vas rester à Paris ?
— Je n'en sais rien encore.

Rubis a repris de la voix. Son énergie un peu affaiblie prend le dessus.

Iris la prévient qu'elle doit filer à un rendez-vous. Elle n'a pas envie de parler de sa vie à sa mère et ne souhaite pas entendre ses commentaires. Elle sent que Rubis veut surtout profiter de sa fille. Alors cette fois-ci c'est Iris qui reprend fermement.

— Je te rappelle mais ne compte pas trop sur moi … Essaie d'imaginer une solution. Peut-être en prenant un extra ? Ou en téléphonant à d'autres personnes que tu connais.
— Les extras coûtent chers, surtout à la dernière minute ! Et ne sont pas faciles à trouver !
— Si je repère quelqu'un de libre autour de moi je te préviens.
— J'attends ta réponse.

La voix d'Iris est sèche et la communication prend fin rapidement. Elle aurait tellement aimé lui parler de sa participation à la course automobile et de la joie qu'elle s'en faisait. « Ce serait autrement plus passionnant que de s'occuper de fleurs pour une entreprise ! » s'énerve intérieurement Iris.

Elle raccroche très énervée. Sa mère l'a mise dans une situation très inconfortable. Elle l'oblige à se poser des questions et la met très mal à l'aise dans son choix cornélien entre sa mère et son travail.

Iris est déterminée à trouver une personne qui aidera Rubis. Elle a déjà une idée en tête.

Et ses pensées s'envolent vers sa compétition de ski qui se profile…

12

Iris et sa bande, Jean, Marc, Paul, Christine et Anna viennent d'arriver à la station de sports d'hiver de La Plagne. Nous sommes début mars, la température est glaciale. Le jour décline et les lumières cachées prennent enfin toute leur intensité.

Ils sont hébergés dans le même petit appartement prêté par des parents d'amis. En plus, ils ont récupéré celui d'à côté pour pouvoir tous se loger. Ces lieux sentent un peu une odeur de renfermé. Ce sont des espaces exigus mais où tout est parfaitement pensé. Pas de place perdue ! Et la chaleur apportée par les couleurs rouges et blanches sur les dessus de lits et les rideaux rayonne de ses éclats. Les tapis sur le sol et les décorations sur les murs assourdissent les bruits entre voisins.

Ce soir, après avoir déballé leurs affaires, ce sont une bonne douche chaude, un repas léger et un bon film avant de s'endormir.

Tous, ils se sont entraînés et ont été sélectionnés pour participer à cette compétition de ski.

Un bonheur. Iris en rêvait. Quelle chance que sa candidature ait été acceptée. Elle n'y croyait pas vraiment mais l'espérait si fort que…

Elle jette un coup d'œil à la fenêtre : ces cimes enneigées la fascinent toujours. « Que c'est beau cette neige accrochée un peu partout ! C'est un tableau qui l'enivre de ses parures. » Et elle part dans ses rêves… Ce paysage lui rappelle le temps où elle avait appris à skier avec sa famille. Pas de cours, tous se débrouillaient. Les cousins et amis étaient aussi de la partie ! Ils skiaient et s'amusaient comme des fous. Ils en oubliaient le froid au milieu des bons moments de rigolades. C'était celui qui sauterait la plus haute bosse ! Qui irait le plus vite ! Qui découvrirait un passage secret…

Iris pense à Antoine qu'elle n'a pas revu depuis longtemps. Ils s'appellent de temps en temps et se raconte leurs histoires comme un frère et une sœur. Les jours passent…

Ce matin, réveil de rigueur et alimentation surveillée pour être en forme. Iris espère parvenir à réaliser le défi qu'elle s'est donné. Elle veut se prouver à elle-même et aux autres qu'elle peut réussir ce challenge à ski. C'est important pour Iris en ce moment où elle se pose tant de questions sur sa vie et aussi sur ses capacités.

Iris, entraînée par un formidable élan, enchaîne montées et descentes avec les autres. Mais aujourd'hui, son souffle lui fait défaut. Elle s'arrête un court instant et reprend la piste. C'est normal, il faut un peu de temps pour s'acclimater à la montagne. Iris rattrape ses camarades. Elle veut montrer qu'elle est capable. La détente sur le parcours est difficile mais elle s'arc-boute pour y arriver. Peut-être est-ce son souci de perfection qui l'incite à aller au bout de tout ce qu'elle entreprend. Une crampe l'oblige à s'arrêter encore. Elle a envie de pousser un cri de douleur. C'est bref mais tellement douloureux. Iris rassemble ses forces et repart. Dans sa tête les trois mots « je dois gagner » se répètent inlassablement comme une petite musique. Les autres semblent être attentifs à ses difficultés du jour. Et l'entraîneur l'encourage car il sait le prix de ses efforts.

Des plaques de glace crissent sous ses skis. Elle dérape, se sent basculer mais elle tient bon. Plus loin, elle se rattrape de justesse et poursuit ses virages.

Il ne reste qu'une journée pour s'exercer avant le grand jour !

Le lendemain, quand Iris descend l'escalier du petit immeuble où elle loge, qui croise-t-elle ? Rubis, sa mère. Elle lui avait autrefois raconté sa passion du ski, tous les cours qu'elle avait pris et les compétitions auxquelles elle avait participé. Iris savait qu'elle appréciait cette station de ski et qu'elle y venait souvent.

« Sans doute ai-je échappé le nom du lieu où j'irais en montagne lors de notre dernier échange téléphonique ? » se dit Iris.

Mais quelle n'est pas sa surprise de la trouver sur son chemin ce matin. Iris est irritée de la voir là. Ses membres se durcissent. Son visage se crispe. Elle ne peut l'éviter … Et, Rubis, sûre d'elle, engage la conversation.

— Je t'ai aperçue hier à l'entraînement.

— Ah oui ? Je ne t'ai pas vue.

— Non, je dévalais la piste trop rapidement.

Iris la regarde médusée. Elle ne veut pas être aimable. Son ton est devenu furieux.

— Je sais, tu es très forte, lui lance Iris.

— L'année dernière l'entraîneur m'avait proposé de concourir à cette compétition mais je ne pouvais pas. Un voyage en Irlande prévu de longue date avec des personnalités importantes.

Iris bout intérieurement et Rubis ajoute en la narguant.

— Tu sembles en forme.

— Oui, je vais très bien.

— Ton ami et ton fils vont-ils être là ?

— Sûrement, ils ont bloqué la date pour venir m'applaudir.

— Je croyais que tu étais un peu fâchée avec ton ami.

— Mais non. Pourquoi me dis-tu cela ? Je te laisse et file pour retrouver l'équipe de ski.

Décidément Rubis ne comprend pas Iris. Elle qui a été malade, qui a une situation familiale compliquée, comment fait-elle pour tenter tous ces challenges ? Iris a peut-être un secret ? Et puis, ces mystères sur sa vie affective. « J'ai le droit de savoir. Cela m'étonnerait que son ami et son fils soient là ! » bougonne t elle en poursuivant son chemin.

Aujourd'hui est le jour de la compétition. « Quelle émotion et quelle joie ! » se murmure Iris. Elle a bien dormi. Elle se lève, reposée. Ses colocataires sont eux aussi en forme. Après une bonne douche et un petit déjeuner tous ensemble, chacun revêt sa tenue de skieur. Iris est tout en bleu. Les autres portent des couleurs des plus chatoyantes. Ils prennent le temps d'aérer pour renouveler l'air et ils goûtent sa pureté.

Ils descendent et récupèrent à grand fracas le matériel déposé dans les casiers au sous-sol. Et, ils s'en vont rejoindre le groupe. Ils sont à la fois ennemis et amis dans cette épreuve. Chacun veut gagner. Mais ils ont travaillé ensemble et se connaissent bien. Ces pentes, ils les ont descendues de nombreuses fois. Iris apprécie d'être dans cette équipe joyeuse et dynamique et mesure sa chance.

Arrivés au rendez-vous, tous se claquent une bise comme pour s'entraider. L'entraîneur ne manque pas de leur rappeler toutes les recommandations et les invite à se détendre pendant le trajet. Ils chargent leur matériel et un petit car les emmène sur le lieu de départ de la compétition. Les uns sont plus bavards que les autres sur leurs impressions. Jean se concentre, Paul ne tarit pas de paroles. Chacun décompresse à sa façon.

Les voilà en haut près du départ. Iris ne transpire pas. Elle se sent forte. Sa concentration est au maximum. La souplesse de ses membres la rend sûre d'elle. La piste n'a plus de secret pour Iris, elle la connaît par cœur. La vitesse ne lui fait pas peur. Les autres sont avec elle. Elle entend la petite musique qui résonne encore et toujours dans sa tête : « Tu vas y arriver ».

Iris ne sait pourquoi mais elle pense à cet homme qu'elle a revu plusieurs fois et qui l'avait émerveillée. Elle l'avait surnommé le Magicien tant il l'avait charmée et éblouie. Elle aimerait qu'il soit là…

Iris songe aussi à ce jeune enfant rencontré à l'hôpital qui attend sa visite. Quand Iris était malade, un jour, elle a vu un petit garçon arriver sur un brancard. Leurs regards se sont croisés. Elle s'est approchée de lui. Iris a été instantanément touchée par la force et l'émotion qui se dégageaient de son visage. Et elle a osé lui chuchoter à l'oreille : « je viendrai te voir ». Désormais, lorsqu'Iris se rend à l'hôpital pour des examens de contrôle, elle passe toujours regarder s'il est là. Cet enfant a onze ans et s'est retrouvé dans un service pour soigner une leucémie. Iris l'a baptisé son « Petit prince ». Donner un nom qui caractérise une personne est important pour Iris. C'est un peu comme si elle l'adoptait. Toutes ces pensées font du bien à Iris.

Ramenée à la réalité par un haut-parleur, elle sort de son nuage et de ses rêves. Les autres skieurs se mettent en place. Ils sont quinze à participer à cette compétition amateur chronométrée. Iris a le numéro douze. Elle a encore du temps ! Elle se voit sur la piste qu'elle va descendre …

Cà y est, c'est à elle ! Iris dévale ... à droite, à gauche, entre les piquets. De plus en plus vite ! La neige est bonne, parfois un peu gelée. Elle a envie de la manger mais n'en a pas le temps ! Iris sent sa force et sa précision dans ses gestes. Elle s'est bien préparée. Tout lui paraît simple et elle se dit que c'est la récompense de son travail acharné. Elle est heureuse et fière.

Quand, en milieu de parcours, boum ! Iris tombe et se fait très mal à la jambe. Elle a envie de crier et en même temps elle est sonnée par le choc. Les organisateurs arrêtent la course. Les secours ne tardent pas à venir. Allongée sur une civière, Iris est emmenée à l'hôpital le plus proche. Dans une demi-inconscience, elle aperçoit son ami Antoine qui pose une main sur la sienne. Sa tendresse lui fait du bien. Iris savait qu'il serait là...

Finalement, après de multiples examens, un médecin lui pose un plâtre.

Iris passe quelques heures et une nuit au Centre hospitalier de Moutiers. Son ami Antoine doit repartir très tôt le lendemain matin si bien qu'il ne s'éternise pas.

Dans sa commotion, Iris pense à cette formidable course automobile à laquelle elle doit participer très bientôt ... Sa douleur s'en atténue un peu. « Je dois être en forme ! » se dit-elle.

Un sms de son fils Augustin la réjouit. Il n'a pas réussi à venir mais il est tout près d'elle par le cœur et elle sait qu'elle peut compter sur lui.

Le jour suivant elle est emmené en ambulance à Paris. C'est une mauvaise cassure. Sans doute faudra-t-il opérer ?

« Mais, pourquoi cette chute est-elle arrivée ? » s'interroge Iris...

13

Iris a été opérée de sa jambe.

Elle se trouve encore à l'hôpital à Paris. Ils doivent lui faire de nouvelles radios.

Oui, elle a souffert et souffre encore. Mais, ce n'est rien par rapport à la grave maladie qu'elle a dû surmonter il y a quelques temps. Elle avait eu un cancer du sein et des séances de radiothérapie. Iris a la chance de savoir prendre du recul, c'est dans ses gênes. Et sans doute les obstacles dans sa vie lui ont donné plus de persévérance, plus de clairvoyance.

Bien sûr, le rétablissement de sa jambe cassée sera long. Mais elle sait déjà comment elle l'occupera. Lire, écrire, chanter, jouer, dessiner. « Cette cassure est un nouveau petit obstacle qui permet de s'entraîner pour aller vers les plus grands », songe Iris. Les idées débordent dans sa tête… Et elle n'oublie pas ce projet fantastique qui la motive : vivre un parcours dans une voiture course !

Elle est si déçue de n'avoir pas réussi l'épreuve de ski ! C'était un défi qu'elle s'était donné. Iris aime atteindre ce qu'elle entreprend même si c'est au-dessus de ses forces. Son regret reste en elle. Mais, très vite Iris pense au prochain exploit qu'elle affrontera ou au challenge qu'elle se donnera. Sa souffrance se calme doucement grâce à ses médicaments et ses espoirs qui la font vivre. Iris a toujours besoin de repartir sur quelque chose de nouveau pour ne pas s'appesantir sur son sort et avancer.

Trois jours plus tard elle a la visite de son entraîneur. Iris l'apprécie. Contente et inquiète, elle l'invite à entrer et à s'asseoir. Il arbore un air gentil et sûr de lui. Iris lui répète combien elle raffole de la montagne et particulièrement des descentes à ski. Plus jeune elle en avait déboulé des montagnes dans la neige ! Mais elle n'avait jamais fait de vraie compétition … C'était son espoir et son rêve !

Après quelques préambules, Iris lui fait part de sa déception de n'avoir pu terminer la course. Elle aimerait qu'il lui donne des explications sur ce qui s'est réellement passé. Iris évoque aussi des doutes sur ses conditions physiques. Elle veut comprendre ... Iris n'a plus la même forme qu'avant sa maladie. Elle voudrait savoir ce qu'il en pense ...

Son entraîneur lui a apporté la vidéo de sa descente. Iris est à la fois heureuse et inquiète. Il se rapproche d'elle et s'assoit sur le lit pour lui montrer. Iris bout d'impatience. Elle le regarde avec perspicacité et écoute avec attention ses remarques.

— Tu as peut-être voulu trop t'appliquer ?
— J'ai essayé de faire comme tu m'avais dit.
— En regardant la vidéo, j'ai vu que tes jambes semblaient un peu tendues.
— Pourtant, j'étais bien relaxée.
— Tu sais, une petite faute est vite arrivée.
— Explique-moi ce qui a pu se passer.

Iris est attentive à ce qu'il dit mais elle veut savoir la vérité.

— Promets-moi que je pourrai, à nouveau, être acceptée pour une prochaine compétition.

— Oui. Laisse-toi un peu de temps. Pense surtout à bien te reposer.

— Oui, je connais la rengaine…

Iris n'a pas de patience. Son entraîneur poursuit.

— Peut-être fais-tu trop de choses en même temps ?

— J'ai besoin d'avancer pour me prouver à moi-même que je peux réussir et encore plus après les épreuves que j'ai eues à traverser … Aussi, j'approche de la quarantaine et je réfléchis à tout ce que je voudrais réaliser. Et le temps passe...

— Ah Oui, tu penses que tu vieillis ?

— Non, mais c'est le moment d'agir. J'ai comme une sorte de boulimie...

Iris est toujours dans cette quête de gagner ce qu'elle tente avec parfois des périodes de victoire et d'autres de découragement. Elle est une équilibriste qui jongle sans cesse avec les moments de sa vie.

Sa cassure de jambe ne lui permettra pas de concourir avant un certain temps. C'est encore une flèche qui la transperce ! Iris est énervée et bouillonne en elle-même.

Mais Iris a d'autres projets en tête… Vous vous rappelez de sa participation à la course automobile ? Elle souhaite vraiment être apte à s'y rendre à temps et dans les meilleures conditions.

Iris ne veut pas montrer sa faiblesse. Elle fulmine intérieurement et la colère l'envahit. Elle essaie difficilement de ne rien laisser paraître. Iris encaisse. Elle se referme et semble tirer de la force au fond d'elle-même.

Iris prendra part à une autre compétition de ski, elle le sent, elle le sait. Elle n'abandonne pas facilement. Elle a sa fierté et beaucoup de détermination. Iris se redresse dans son lit.

Son entraîneur est à la fois gêné et ferme sur sa position. Sa finesse et sa psychologie l'aide à calmer le jeu et la déception d'Iris. Il ne veut pas lui faire de peine mais, en même temps il la connaît. Sa force et son caractère fougueux n'ont plus de secret pour lui. Il voit des rougeurs sur son visage et ses yeux qui brillent. Iris ne parle plus. Il n'ignore pas ses soucis de santé. Il respecte son courage. Et la prend dans ses bras. La chaleur et l'enthousiasme de cet homme lui redonne du ressort. Elle en a grand besoin. Iris est courageuse mais apprécie le soutien de ceux qui l'entourent. Parfois, Iris ne peut pas tenir toute seule ! Elle en est bien consciente…

La vieille du jour où Iris doit sortir de l'hôpital, quelqu'un frappe à la porte.

Juste le temps qu'elle se mette dans une position plus à son avantage avant de répondre par l'affirmative. Elle ne veut pas être vue défaite. C'est important pour Iris de se montrer forte pour tenir face aux obstacles.

Iris voit un bouquet de fleurs avant de percevoir la tête de Rubis, sa mère. « Encore elle ! Elle ne peut pas me laisser tranquille ! Elle m'exaspère ! » a-t-elle envie de crier.

Sa mère a su dans quel hôpital Iris avait été transférée.

— Bonjour Iris, comment te sens-tu ?

— Beaucoup mieux.

— Tu as l'air encore fatigué.

Iris explose intérieurement de la voir dans sa chambre. Rubis pavane. Elle lui parle de la compétition de ski et de sa déception pour elle. Iris est sûre qu'elle n'en pense pas un mot. Elle le sent et le sait bien. Mais Iris fait bonne figure.

Rubis est vêtue de rouge et son chapeau noir lui donne une fière allure. Elle raconte ses dernières mondanités et toutes les personnalités éminentes qu'elle a rencontrées et avec lesquelles elle a eu la chance d'échanger.

Puis son voyage en Asie et tout ce qu'elle a découvert pour lui remplir l'esprit. Elle minaude dans sa tenue flamboyante et semble narguer Iris. Celle-ci n'en peut plus. Iris attend avec impatience le terme de sa présence dans sa chambre. Rubis repart de plus bel dans ses explications de voyage. Elle est victorieuse. Elle se doutait qu'Iris ne réussirait pas l'épreuve de ski. Et elle l'abreuve de conseils pour la suite de ses exploits et surtout pour la dissuader de les poursuivre.

Rubis semble avoir repris de l'assurance ou jouait-elle la comédie face à sa fille ces derniers temps pour lui demander son aide ? D'ailleurs, elle s'est débrouillée sans l'aide d'Iris pour son installation de fleurs chez Ropo.

Heureusement, la visite ne dure pas longtemps. Les infirmières vont et viennent. Il y a un médicament, un soin à donner ou une vérification à accomplir. Ceux-ci permettent d'abréger ce moment avec Rubis qui la nargue avec férocité. Iris n'en peut plus ! Rubis ajoute encore :

— Finalement, Antoine et ton fils n'étaient pas là ?
— Si, Antoine était présent mais Augustin est arrivé en retard car il a eu un problème avec la voiture.
— C'est bien qu'ils soient venus.

« Elle est vraiment méchante cette Rubis. Je n'en peux plus ! » a envie de hurler Iris. Quand une infirmière surgit et demande à sa mère de sortir pour effectuer un soin. Iris est trop contente. Rubis se penche vers elle pour l'embrasser en lui murmurant « Je te laisse car des clients m'attendent. »

« Tant mieux ! » lui chuchote sa petite voix intérieure.

Enfin seule, Iris en profite pour poser des questions à l'infirmière sur ce petit garçon qu'elle avait approché.

Oui, elle l'avait vu lors d'une de ses nombreuses visites à l'hôpital quand elle était soignée pour son cancer. Elle aimerait avoir de ses nouvelles et essayer d'aller le rejoindre. Iris lui avait promis. Ce fut une rencontre éphémère. La profondeur de leurs regards et le visage éclairé de cet enfant témoignaient d'un véritable coup de foudre !

Très vite sur ses béquilles, Iris retrouve, quelques étages plus haut, en prenant l'ascenseur, celui qu'elle nomme son « Petit prince ». Elle entre tout doucement dans sa chambre.

— Comme je suis contente de te revoir.

— Que t'est-il arrivé ?

— J'ai voulu aller trop loin par rapport à mes forces.

— Tu sais, moi je sais jusqu'où je peux aller.

— Mais, toi tu es grand et fort.

Iris s'assoit sur un vieux fauteuil en skaï car la station debout est vite éprouvante pour elle.

— Raconte-moi ta compétition de ski.

— Je devais skier très vite.

— Du combien à l'heure ?

— Le plus vite possible.

Il écarquille de grands yeux. Son teint est pâle. Et avec toute la force qu'il a en lui il continue de l'interroger.

— C'était dur ?
— Surtout il y avait des obstacles et je devais les contourner.
— C'est là où tu es tombée ?
— Non. C'est au dernier passage de piquet.
— Tu devais être énervée.
— Surtout, cette chute m'a fait très mal !

Un sourire sur son visage montre combien il est heureux qu'elle se soit retrouvée dans cet hôpital et il poursuit l'échange.

— Et, après, tu es venue à l'hôpital.
— Oui, car on m'a opérée.
— Tu as dû être déçue de tomber.
— Oui car la course était presque terminée.

Il semble intéressé par tout ce qu'elle raconte et continue de parler.

— Tu as de la chance de faire du ski.

— Oui, j'aime la neige, c'est un peu magique de voir les montagnes recouvertes tout de blanc. Aussi, tous les bruits sont étouffés.

— Moi, je n'y suis jamais allé.

— Un jour je t'emmènerai …

— Oh ! Oui !

Iris ose lui poser des questions plus personnelles.

— Tu ne m'as pas encore dit où tu habites ?

— A Paris. Parfois, il y a de la neige l'hiver et tout devient beau.

— Tu vas rester longtemps ici ?

— Je ne sais pas.

Iris a envie d'en savoir plus.

— Ta maman et ton papa viennent te voir ?

— Ma maman est morte et mon papa a beaucoup de travail.

— Oh ! Pardon ! C'est triste. Tu as, peut-être, des frères et sœurs ?

— Oui, j'ai deux sœurs qui viennent quand elles ont un peu de temps.

— Je te promets de venir te voir dès que je pourrai.

Et ce fut une merveilleuse conversation. Lui avec sa maladie depuis des mois et Iris avec ses incidents de parcours voulant toujours forcer le destin. Leurs échanges sont à chaque fois authentiques. Ni lui ni elle n'ont rien à perdre mais tout à gagner dans leur relation.

Iris songe tout bas : « Il est beau mon Petit prince avec ses grands yeux qui vous questionnent sans cesse. Et ses réflexions toutes simples et toutes en vérité qui vous font réfléchir. Je me sens tellement bien avec lui. Il est petit par la taille du haut de ses onze ans et grand par le cœur. » Iris retient ses larmes même si elle sent qu'une goutte ruisselle près de son nez. Elle prétexte la recherche d'un mouchoir. Pour la consoler, il lui dit qu'il va bientôt courir. Iris ne peut s'empêcher de regarder tous ses tuyaux et de penser que ce n'est pas pour tout de suite ! Elle s'habitue néanmoins à toute cette mécanique ! « Ce sont, surtout, les regards des passants ou des extérieurs qui vous dérangent », lui murmure sa petite voix intérieure.

Il lui faut quitter son Petit prince. Il n'a pas encore très bonne mine mais sa grande bouche ornée de son sourire font du bien à Iris. Leurs longues embrassades et leur prochain rendez-vous les aident chacun à tenir face à leurs difficultés. Et c'est sur un adieu chaleureux qu'ils se séparent.

La petite voix d'Iris lui susurre « C'est un peu comme si tu retrouvais ton fils quand il était petit … Que de sublimes souvenirs de le voir cheminer en réalisant découvertes sur découvertes ! Quel bonheur d'être témoin de cet apprentissage de la vie ! Augustin n'était pas malade mais mon Petit prince va s'en sortir. »

Oui, pour Iris, elle revit l'enfance de son petit garçon. Même si elle travaillait, elle s'en occupait souvent. C'était des moments merveilleux de lui raconter sa journée et d'être auprès de lui pour le voir grandir comme si elle redécouvrait chaque chose. Une période où elle était très proche de lui physiquement.

Après avoir laissé son Petit prince, Iris s'en va vers l'accueil pour signer une décharge qui lui permet de quitter l'hôpital aujourd'hui. Elle en a assez et se sent capable de partir. « Cela suffit, je peux me débrouiller ! » C'est toujours son côté affranchi qui l'incite à agir.

Parfois, elle sent ses forces décuplées ou alors retombées au trente sixième dessous…

Mais Iris est contrainte d'être raisonnable pour être capable de concourir à la course automobile qui approche et dont elle se réjouit...

14

Iris a prévu de quitter Paris pour le week-end. Elle ne retourne pas à Pau mais ailleurs…

Elle n'a plus ses béquilles et s'est enfin remise de sa chute à ski.

Iris étouffe dans son petit appartement. Il est décoré à son goût, elle y est bien. Mais elle a besoin de changer d'air. Sans doute, veut-elle aussi s'éloigner de sa mère ? Trop c'est trop ! Iris ressent une sorte d'asphyxie des nouvelles et multiples agressions de Rubis. Le poids est trop lourd ! Iris recherche cet air qui lui manque. Peut-être au sens propre comme au sens figuré ?

Sa valise bien remplie, de quoi se changer et s'arranger, et la voilà envolée. Iris prend un train qui la conduit vers le Sud. Le soleil est un élément indispensable pour elle. Il fait du bien au corps et au cœur. Elle n'a pas l'intention de s'échapper très longtemps car son travail l'attend à Paris. Mais, « parfois, partir permet de revenir dans d'autres conditions, de voir les choses autrement », réfléchit-elle.

Iris est maintenant installée dans le train. Les sièges sont tous occupés. Dans une semi-léthargie elle regarde les différents visages du wagon. Certaines personnes ont l'air affairé. D'autres sont rivées sur leur ordinateur. Les portables font aussi office de doudou. Quelques voyageurs se sont laissé bercer par Morphée. Une sonnerie intempestive réveille l'un d'entre eux. Agacé il se rendort aussi vite.

Pendant ce trajet, Iris s'offre une pause de détente. Pour elle, il n'est pas facile de ne rien faire. Se relaxer. Comprendre ce qui se passe dans son corps dans l'instant présent. Arrêter de faire travailler son mental. Surtout en ce moment où elle se pose une multitude de questions ! Cet homme qui lui faisait penser à quelqu'un qui pourrait être son père ? C'est une période compliquée à vivre pour elle avec, en plus, la crise de la quarantaine qui approche !

Tout en s'évadant, c'est maintenant la course automobile qui occupe ses pensées…

Il fait chaud dans le wagon. Elle se lève pour remettre de l'air.

La tentation de regarder son portable est grande. Mais qui l'appelle sans cesse ? C'est Rubis, sa mère ! Oh là là ! Ce n'est pas possible ! Son téléphone vibre. « Elle se demande, sans doute, où j'ai disparu. Rubis s'inquiète pour moi comme elle aime à me le dire aujourd'hui. Si elle savait combien cette inquiétude me pèse ! » lui susurre sa petite voix intérieure. Elle ne prend pas l'appel. Rubis semble vouloir tout contrôler depuis qu'elle a retrouvé sa fille. Iris se souvient enfant, sa mère ne la couvait pas du tout. Elle s'occupait assez peu d'elle, accaparée par toutes ses fêtes et ses nombreux déplacements professionnels… Iris est touchée par les préoccupations et les inquiétudes soudaines de Rubis. Mais elle se rend compte que ce poids la comprime et l'oppresse. Et Iris n'en veut pas. Elle aime trop sa liberté maintenant qu'elle l'a décidée.

L'homme assis à côté d'elle est plongé dans sa lecture. Au bout d'un moment il sort de son livre. Et il cherche avec frénésie quelque chose dans son portefeuille. Elle remarque son agitation qui la distrait et tourne la tête de l'autre côté pour regarder le paysage. De légers ronflements signalent qu'il s'est endormi. Quand tout d'un coup, l'annonce stridente de l'approche de la prochaine gare le réveille. Il se lève brusquement et s'en va en attrapant à toute vitesse sa valise dans l'espace réservé aux bagages.

Après son départ, une femme assise deux rangées plus loin, fait signe à Iris que quelque chose est tombé par terre. Elle pense que cela lui appartient. Iris se baisse pour regarder et ramasse l'objet qui se trouve sous le siège de son passager. C'est un portefeuille. Aussitôt, Iris reconnaît celui qu'elle avait vu dans les mains de son voisin. Avant de le montrer au contrôleur, elle regarde à l'intérieur. Et que voit-elle ? Cet homme porte un nom proche de celui de son Petit prince.

La femme qui lui a fait cette observation a repris sa lecture et semble ne pas porter une attention particulière à ce qui se déroule après.

Iris décide de garder le portefeuille car elle a une idée en tête… Elle pousse l'indiscrétion jusqu'à examiner tout ce qu'il y a dedans. Et là, Iris découvre une photo dont le visage ressemble étrangement à son Petit prince. Que de similitudes ! Elle ne s'en remet pas. Tout bouillonne en elle. C'est comme un tournis qui la submerge. « Ce serait quelqu'un de la famille ? Son père peut-être ? Quelle coïncidence ? Il n'y a pas de hasard ! Pourquoi cet homme se trouvait à côté de moi dans le train ? » Des questionnements fusent dans sa tête. Iris transpire. Elle a trop chaud. Elle essaie de se détendre. Iris se laisse très vite inonder par ses émotions. Elle n'aurait peut-être pas dû le fouiller? Ce portefeuille n'était pas à elle. Mais Iris voulait connaître le nom pour le remettre au propriétaire. Maintenant elle a vu l'intérieur et glisse sa carte de visite dans la poche de sa veste.

Iris cache son trouble et veille sur la femme qui l'a interpellée. Et elle range soigneusement le portefeuille dans ses affaires.

Le contrôleur passe. Iris se garde bien de lui remettre quoi que ce soit. Sa décision est prise, elle appellera cet homme directement dès qu'elle aura du réseau. Pour le moment, elle serre son sac contre elle comme si quelqu'un lui avait fait un cadeau. « Tout ceci est peut-être le fruit de mon imagination ? » songe Iris.

A la prochaine gare, avec excitation et trouble, Iris descend sur le quai. Elle compose le numéro inscrit sur la carte. Elle est toute perturbée à l'idée de joindre cet homme. Personne ne répond. Elle ne veut pas laisser de message. C'est trop personnel. Et si ce n'était pas lui au téléphone ?

Au coup de sifflet Iris remonte dans le train. Et elle commence à penser à l'angoisse de cet homme qui a perdu son portefeuille. Elle devine avoir perdu le sien … Sûrement il préviendra la SNCF. Il ira sans doute aux objets trouvés. Mais Iris tient à lui remettre en main propre. Comment agir ? Elle souhaite le voir, pouvoir lui parler. Pourquoi le veut-elle tant ? Pour lui expliquer qu'elle rencontre un petit garçon qui pourrait correspondre à la photo de son portefeuille. Et lui dire qu'elle l'a baptisé son « Petit prince » ?

Iris essaie de le joindre de nombreuses fois. « J'ai peut-être fait un mauvais numéro ou son téléphone a sans doute changé», se chuchote-t-elle. Finalement, après de nombreux appels, elle réussit à contacter l'homme en direct. Difficile de parler, ses mots s'entrechoquent. A l'annonce de la nouvelle, il est trop content. Sa réaction si forte impressionne Iris. Il ne sait comment la remercier. Sa voix est chaleureuse et lui fait penser à quelqu'un qu'elle connaît. Iris est vraiment très troublée. Elle n'en dit pas plus. Elle lui donne, juste, quelques indications pour l'avertir de l'endroit où se trouve le train. Iris a vraiment de la difficulté à lui parler tant son émotion est grande. Et, bien sûr, elle lui pose la question de savoir comment lui rendre son portefeuille. Il décide de venir à sa rencontre car il se dirige vers Aix-en-Provence et il possède une voiture.

Le train arrive en gare d'Aix. C'est la ville où Iris descend. Elle a des amis qui y habitent mais elle a préféré réserver une chambre dans un petit hôtel. Ainsi, elle est libre et n'a pas le sentiment de peser sur eux.

L'homme au portefeuille la rejoindra demain à Aix-en-Provence pour récupérer son bien.

Elle continue à se questionner et songe à son rendez-vous. Que va-t-elle lui dire ? Peut-être rien. Rien au sujet de la photo. C'est son secret. Mais s'il était le père ? Et puis c'est peut-être un enfant qui lui ressemble ? Iris regarde à nouveau la photo. Aurait-il un sosie ? Elle ne sait plus quoi penser.

Iris se sent seule. Elle se couche, met son réveil à une heure avancée. Et elle espère que la solution lui sera donnée pendant la nuit.

Le lendemain, comme prévu, l'homme au portefeuille a rejoint Iris au café des pins à 10 heures.

Elle arrive un peu avant l'heure. Elle pénètre dans le café. L'arôme des petits déjeuners remplit ses narines. Dans un coin quatre hommes d'un âge mûr bavardent entre eux. Iris veut se faire discrète mais ceux-ci se retournent. Et elle aperçoit deux femmes dans un autre recoin. D'un tour de regard, elle observe à droite, à gauche. Non, il n'est pas là. Mais où va-t-elle s'assoir ? Iris hésite. Le barman est affairé et semble ne pas l'avoir vue. Elle s'avance et ce dernier la salue. Iris cherche à choisir une table. Celle-ci semble lui convenir. Elle s'assied et attend. Les bruits des tasses et des verres s'entrechoquent. Le café se remplit peu à peu. Les minutes lui paraissent longues. Iris prend un livre mais sa lecture est difficile tant elle pense à ce rendez-vous. Elle est à la fois soucieuse qu'il se passe bien et ne sait encore comment amener l'histoire de la photo ?

Quand surgit un homme de grande taille, plutôt fort, le teint un peu basané. Un certain charme. Elle n'ose le regarder et se décide enfin à diriger son regard vers lui. L'homme l'interpelle avec assurance :

— Vous êtes peut-être Iris ?

— Oui. Bonjour.

— Bonjour, je suis Pierre, la personne que vous avez contactée.

Sa poignée de main est ferme. Ils prennent place tous les deux l'un en face de l'autre. Chacun est habillé de façon décontractée. Iris ne semble pas intimidée et même sûre d'elle. Peut-être lui fait-elle déjà confiance ? C'est une habitude très naturelle chez elle. En même temps, elle le regarde avec perspicacité. Iris aime observer et analyser. Peut-être une déformation de son métier ou un atout qu'elle possède.

Il lui propose de boire un verre. Jus de pamplemousse et café sont commandés. Pierre la remercie avec effusion d'avoir retrouvé son portefeuille. Il est tellement content. Il n'y croyait plus. Il avait déjà téléphoné à la S.N.C.F. Cet homme est si heureux. Il ne sait comment lui témoigner ? Il ne pensait vraiment pas le récupérer. Pour calmer son ardeur et avoir une contenance, Iris s'efforce de le chercher fébrilement dans son sac. Les sacs de femme sont souvent bien remplis et le sien encore plus ! Elle sent son impatience qui pèse sur elle. Voilà elle a repéré l'objet. Elle le sort et le pose sur la table. Pierre s'en empare et le serre dans ses mains. L'homme a des petits yeux qui pétillent. Son « grand merci » laisse paraître un sourire de bon vivant. C'est comme si elle le trouvait déjà sympathique.

Les mots d'Iris se sont envolés. Elle est muette. Comment lui dire ? La peur la tétanise. Iris boit une gorgée de son jus de fruit quand lui a déjà fini. Que va-t-il penser d'elle ? Peut-être vaut-il mieux qu'elle garde son secret ? La conversation reprend. Ils échangent sur le lieu où habite chacun et sur les motifs de leur voyage. Lui, il venait passer quelques jours dans le Sud. Et elle voulait revoir des amis. Iris ne tient pas à en dire plus… Le ton est gêné de sa part. Elle sent qu'il la regarde avec insistance comme s'il l'avait déjà vue. Et la phrase tombe.

— Avez-vous fait vos études à la Sorbonne ?

— Non.

— Là, j'avais rencontré quelqu'un qui vous ressemble étrangement.

— J'ai peut-être un sosie ?

C'est un va-et-vient incessant dans ce café. Les chaises rayent le sol. Les odeurs se mélangent. Et les bruits s'amplifient.

Iris se sent mal à l'aise. Elle reprend des forces et entraîne la conversation ailleurs. Le silence lui est trop pesant. Et les questions s'enchaînent :

— Vous restez longtemps ici ?

— Un grand week-end.

— Et vous ?

— Je suis en déplacement professionnel.

Chacun semble être sur ses gardes. Iris ne comprend plus rien. Qui est-il ? Mais pourquoi veut-elle le savoir ? Cette fois c'est lui qui poursuit pour détendre la conversation.

— Vous avez des enfants ?

— Oui, j'ai un fils qui habite maintenant à Paris.

— Que fait-il là-bas ?

— Des études de sociologie.

Iris ne parvient pas à lui demander s'il a des enfants. Le voilà qui regarde sa montre…Il s'excuse et paraît désolé de devoir partir. Peut-être aurait-il bien continué ces échanges ? Mais, « je dois rejoindre ma fille pour le déjeuner avec beaucoup de kilomètres à parcourir », lui lance-t-il en tentant de se lever.

Alors, elle n'a rien su de plus mais il lui glisse sa carte de visite sur la table avant d'aller payer.

Et, au moment où il ouvre son portefeuille, près de la caisse, la photo du petit garçon tombe ! Il s'empresse de la ramasser et s'en va en envoyant à Iris un petit signe chaleureux de la main.

Iris ne sait plus quoi penser. Elle repart vers son hôtel avec toutes ses questions et suppositions ...

Arrivée dans sa chambre, Iris perturbée appelle ses amis qui habitent tout près. Elle avait besoin de parler, de retrouver de la chaleur. Ils lui proposent de venir dîner chez eux le soir. Quelle aubaine ! Iris a besoin de voir du monde pour se changer les idées et éviter de ruminer son rendez-vous.

Elle profite de la proximité de son hôtel pour marcher. Ce quart d'heure à pied lui fait un bien fou. Le temps est clément et les rues sont bien éclairées. Des odeurs de fleurs du Midi accompagnent son trajet.

« Je suis enchantée de retrouver ces amis », se dit Iris. C'est un couple très ouvert. Ce sont des personnes plus âgées et bienveillantes. « Je les connais depuis longtemps. Nous avons presque des liens familiaux depuis plusieurs générations. Nous nous retrouvions chaque année au bord de la mer pendant les vacances d'été », se souvient Iris. Aujourd'hui, ce couple vit toute l'année dans une charmante petite maison toute simple dans la ville d'Aix-en-Provence. Iris a peu souvent l'occasion de les voir. Elle leur a apporté les chocolats dont ils raffolent.

La voilà arrivée chez eux. Iris ne résiste pas à l'envie de faire résonner plusieurs fois la sonnette. Elle est accueillie par de chaleureuses embrassades.

Un apéritif de bienvenue, pastis avec tapenade et anchoïade. Les délices du Sud. Quelques verres et les langues se délient. Les nouvelles de leur famille déroulées, ils en viennent à parler à Iris de manière plus intime.

— Et toi Iris où en es-tu ?
— Je suis venue me réchauffer au soleil.
— Tu n'habites plus à Pau ?
— Oui et non.
— Comment cela ?
— Je suis venue faire un séjour à Paris.

Iris observe la multitude d'objets entassés dans leur maison et remarque une photo qui l'interpelle :

— C'est qui cet homme ? Il a une bonne tête.
— Quelqu'un qui nous envoie régulièrement des cartes de tous ses voyages.

La curiosité de ses amis arrête ce questionnement.

— Et Antoine, que devient-il ?

— Nous nous sommes éloignés l'un de l'autre pour réfléchir. Nous verrons la suite …

— Et ton fils ?

— Il vit à Paris maintenant.

Tout en continuant leur conversation, ils se dirigent vers la table où une pissaladière embaume et régale leur palais.

— Et toi tu es définitivement à Paris ?

— Je ne sais pas encore, il me faut du temps.

— Tu as un travail qui te passionne, je crois ?

— Oui, il consiste à concevoir et réaliser des enquêtes, à connaître les besoins des personnes, à imaginer de nouveaux outils et à assurer un rôle de conseil. L'ensemble est très intéressant et je ne m'en lasse pas.

Après une délicieuse crème catalane, ses hôtes l'interrogent :

— Et que fais-tu pour toi ?

— Ne vous inquiétez pas. Je gère…Je rencontre beaucoup de monde. Et je sors souvent. Il y a mille choses à faire, à voir. Paris est une ville extraordinaire. J'aime cette stimulation de tous les instants. C'est fatigant mais c'est très excitant …

Iris ne souhaite pas que l'on se faufile dans son jardin secret. Elle a toujours essayé d'équilibrer ses activités. Même si parfois elle aurait besoin de lâcher prise pour se sentir mieux et se valoriser davantage. « Tu te débrouilles, comme tu aimes à dire. Mais tu peux te laisser aller avec certains », lui chuchote sa petite voix intérieure. Néanmoins, elle est toujours un peu méfiante…

Après le diner, un sms sur son téléphone lui fait quitter en pensée la conversation avec ses hôtes. C'est un message de Pierre, l'homme au portefeuille. Que veut-il ? Pourquoi lui envoie-t-il un mot ? Lui est-il arrivé quelque chose ? Le visage d'Iris se crispe. Elle n'entend plus les paroles de ses amis. Elle est dans ses rêves et interrogations …

Ses hôtes voient qu'elle paraît avoir un souci. Sans oser la questionner, ils lui proposent de se mettre à l'écart pour passer un appel si elle le souhaite. Iris sort de la pièce. Elle relit le sms. Pierre lui disait qu'il était bien arrivé et la remerciait encore. Contente et déçue du contenu, elle se reprend avant d'aller rejoindre ses amis. Quoi ? Elle éprouverait quelque chose pour cet homme dont elle ne sait presque rien ? Il semble ne pas lui être indifférent… Mais, surtout, elle voudrait éclaircir les rapports de cet homme avec son Petit prince. C'est la vraie question.

Et là, au regard des interrogations de ses hôtes, elle explique qu'elle avait remis ce matin son portefeuille à un homme. Il l'avait égaré hier dans le train. Iris est heureuse d'en parler, comme pour l'aider à décortiquer la situation. Ses amis ont bien senti que cette personne ne la laissait pas indifférente. Mais ils ne savent pas pourquoi. Ils ne sont pas au courant de l'histoire de son Petit prince ni de la photo…

Les maîtres de maison lui laissent sa réserve et le loisir d'en parler davantage ou pas. Pas plus qu'Iris ne souhaite évoquer ses fréquentes retrouvailles avec cet enfant à l'hôpital. Iris garde ses secrets. Cependant, elle ne résiste pas à leur parler de sa participation à la course automobile qui aura lieu très bientôt. Iris est si folle de joie. Son visage reprend de l'éclat et ses hôtes partagent son enthousiasme. Elle n'est plus dans l'intime, c'est du concret.

Cette soirée, « off » avec eux, sans les messages de sa mère, lui a fait du bien.

Il se fait tard. Et pour Iris la nuit précédente a été un peu perturbée … Gentiment, ils la raccompagnent à son hôtel.

Demain, elle repart pour Paris et reprendra avec ardeur son travail et retrouvera ses collègues qu'elle apprécie de plus en plus.

15

Les trois mois ont vite passé ! La date prévue pour la course automobile approche …

Iris avait prévenu sa société qu'elle s'absenterait quelques jours pour cet évènement.

L'excitation fourmille dans sa tête !

Nous sommes en mai, une semaine avant le départ. Il fait une chaleur étouffante.

Elle s'est levée anxieuse et émoustillée à l'idée de la rencontre de ceux qui vont lui permettre de réaliser son rêve : être dans la voiture d'un pilote de course ! « Génial ! Exaltant ! Fantastique ! » songe-t-elle. Après un bon petit-déjeuner, son stress monte en puissance. Elle essaie plusieurs tenues et choisit un pantalon confortable, un tee-shirt tout doux, un joli foulard et quelques bijoux pour agrémenter le tout. « Bien dans son costume, bien dans sa forme ! » se répète-t-elle sans oublier quelques gouttes de parfum.

Il est maintenant l'heure de téléphoner à l'organisme qui gère la course. Une certaine Madame Grès lui demande le numéro de son invitation. Iris ne comprend pas pourquoi cette question lui est posée. Cette dame lui explique que le billet correspond à une personne qui s'appelle Rubis. Estomaquée ! Elle reçoit ces mots comme une flèche ! « Ce n'est pas croyable ! Que vient-elle faire là ? Pourquoi est-elle toujours sur mon chemin ? »

Et Iris s'emporte :

— Mais ce billet a déjà été vérifié plusieurs fois ! Je suis la gagnante !
— Madame, calmez-vous !

Son énervement manque de lui faire perdre son contrôle. Elle se retient pour ne pas envenimer les choses. Et elle propose d'envoyer immédiatement le scan de son invitation. Aussitôt dit, aussitôt fait. Ouf ! La réceptionniste avait commis une erreur sur le prénom. Que d'affolement pour rien ! Pourquoi a-t-elle prononcé le nom de Rubis ? Iris est troublée. Madame Grès lui explique que la confusion est sans doute due au prénom d'une autre participante.

Furieuse, elle raccroche et appelle immédiatement sa mère. Elle s'y prend à plusieurs reprises. Quand Rubis décroche enfin elle paraît très étonnée …

— Je ne saisis pas Iris. Je n'ai rien à voir avec cette course. Je ne savais pas que tu t'étais inscrite.

— C'est grâce à un bon de participation rempli en décembre dernier que j'ai gagné cette proposition de tours sur un circuit…Mais pourquoi m'a-t-on parlé de toi ?

— Sans doute une erreur. Il y a des années j'avais contribué à une course et peut-être qu'ils ont confondu les prénoms ? Tu ne m'avais rien dit …

— J'ai oublié !

— C'est tout de même curieux cette confusion. Et j'avoue que cela m'a mis sous stress et beaucoup agacée.

— Ne te fais pas de souci. Maintenant ils ont la photocopie de ton invitation et tout est sûrement rentré dans l'ordre.

« Ma mère me prend pour qui ? Je suis capable de m'en sortir toute seule ! » Iris, un peu apaisée, raccroche.

Vite, elle se met à son ordinateur et trouve un train qui lui permettra de regagner le circuit.

Quelques jours plus tard, la voilà partie. Trois heures pour arriver à Issoire. Il fait chaud dans le wagon, le contrôleur y remédie. Son esprit vagabonde : trop contente de participer à cette course. Iris s'y voit déjà. Un bon livre et un peu de musique dans ses écouteurs lui font passer agréablement le voyage. Peu de monde dans le train pour la distraire. Un paysage très diversifié défile à toute allure. Ses pensées s'envolent vers cet homme qui lui avait parlé de ses courses automobiles… Il lui avait raconté tant de choses en si peu de temps …

En arrivant, elle dépose ses affaires dans un charmant petit hôtel d'Issoire où elle dormira. C'est une jolie ville à échelle humaine avec un environnement préservé, des volcans, de grands espaces naturels et avec sûrement une bonne qualité de vie. Iris aperçoit une très belle église ou plus exactement une abbatiale de style roman auvergnat appelée Saint Austremoine qu'elle espère pouvoir visiter.

A l'accueil de l'hôtel on lui explique comment se rendre à l'église. Elle profite de son avance pour s'y échapper. Majestueuse, imposante, c'est un choc en entrant ! Un véritable feu d'artifice de couleurs. Elle est subjuguée.

Iris ne s'éternise pas car elle doit rejoindre le circuit. Il se trouve à plus d'un kilomètre. Elle a envie de les parcourir à pied. Elle hume ce bon air de la campagne. Cette ballade lui fait du bien. Elle en profite pour admirer le paysage qui est grandiose. La vue est large. Cette vision offre un grand éventail de montagnes aux formes arrondies avec un joli dégradé de vert et de gris. Iris aperçoit quelques tronçons du circuit au lointain.

Arrivée sur le lieu, Iris stressée et inquiète se dirige vers le bâtiment de l'entrée. Un charmant jeune homme lui demande s'il peut l'aider. Il lui indique la salle où les pilotes et copilotes se retrouvent. Elle entre et se dirige vers les uns et les autres. Mécaniciens et pilotes ont revêtu leur combinaison de couleur plutôt sombre. Iris se sent très à l'aise au milieu des nombreuses personnes qui sont déjà là. Comme si elle faisait partie des leurs depuis toujours. Les voitures sont une de ses passions. Iris respire différentes odeurs fortes, un mélange d'huile et de cambouis. Tous discutent avec beaucoup de convivialité. Les mots : carburateurs, bougies, pneus … sortent de leur bouche. Elle en connaît un peu la signification…

Iris avait un oncle qui adorait les vieilles voitures et lui racontait ses expériences de rallyes. Elle se souvient aussi du circuit qui se trouvait près de chez sa grand-mère et les bruits des moteurs qui résonnent encore dans sa tête.

Son entrée, comme femme, ne passe pas inaperçue. Iris s'approche du groupe et explique ce qui l'amène ici. Chacun la salue chaleureusement. La bise est de rigueur. Les voix sont fortes et chaleureuses.

Très vite, Iris repère par sa taille l'un d'entre eux et se pose intérieurement la question de savoir « comment il rentre dans l'habitacle de ce type de voiture ? ». Le lieu se remplit d'autres hommes. Iris fait connaissance avec chacun toujours pleine d'assurance. Les uns et les autres se présentent. Pilotes et copilotes sont arrivés. Elles ne sont que deux femmes. Ce grand type qui semble être l'animateur est plutôt froid avec un sourire à peine esquissé. Il propose un premier debriefing général dans une demi-heure.

Un café bien chaud permet de prolonger la discussion.

— Vous avez déjà couru ? lui demande l'un d'entre eux.

— Non, c'est la première fois et je suis si contente.

— Vous avez l'air de connaître les voitures ? dit un autre.

— Oui, un peu. Quelqu'un de ma famille m'y a initiée.

— C'est plutôt un monde d'hommes lance une troisième personne.

— Ce n'est pas un handicap. Au contraire.

« Je crois que nous sommes attendus » annoncent quelques personnes qui les dirigent vers la salle de réunion. Là, le debriefing commence et toutes les consignes générales leur sont données. Iris apprend que l'épreuve n'est pas chronométrée. Comme tous, elle écoute les règles de sécurité, de signal de drapeaux et de départ. Elle entend surtout qu'il est nécessaire de ressentir l'état du pilote et de ne rien appréhender.

Les pilotes rouleront en mode vitesse. « Cette aventure s'annonce aussi folle que magique ! » se susurre Iris.

Un autre pilote, de petite taille avec une combinaison rouge, explique qu'il est possible de filmer ce moment de pilotage passager grâce au système de vidéo embarquée. Et il termine la réunion par un point essentiel : « vous devez avoir confiance en votre pilote comme le pilote doit avoir confiance en son passager, donc Vous, comme sur n'importe quel circuit ». Ces mots résonnent fort dans la tête d'Iris. La confiance, c'est une de ses valeurs. Elle y croit dur comme fer. Pour elle c'est fondamental dans tous les moments de sa vie.

Le soir, Iris appelle Antoine pour lui faire part de ses émotions sans trop s'étendre. Il est heureux de les partager.

Le lendemain c'est la course en réel. Après une nuit de rêve de voitures, Iris se réveille en pleine forme. Un rapide petit déjeuner et la voilà prête à reprendre sa balade.

Comme elle avait raconté son trajet à pied la veille, un des pilotes qui dormait à l'hôtel propose de l'accompagner dans sa marche vers le circuit.

— Bonjour, bien dormi ?
— Oui.
— Est-ce que je peux marcher avec vous jusqu'au circuit ?
— Bien sûr, avec plaisir.

Il lui raconte les différentes courses auxquelles il a participé. Sa passion pour la vitesse et pour ces bolides. Iris évoque ses souvenirs d'enfance lorsqu'elle allait avec son oncle regarder ces fous du volant. Elle ajoute sa joie de vivre une telle expérience. Et, en cours de chemin, son compagnon l'invite à le suivre en la prenant par le bras.

— Venez, grimpons sur le petit monticule qui est là-bas.
— Oui, pourquoi ?
— Regardez, d'ici nous voyons mieux le beau tracé du circuit.

Il lui précise à nouveau la longueur et la largeur du parcours. Il lui rappelle aussi que les tours sont constitués d'une succession de virages rapides très différents les uns des autres et d'une grande ligne droite comme sur tous les circuits européens. Tous deux respirent le bon air et admirent le paysage de cette belle région.

Maintenant, les voilà rendus sur le lieu du circuit. L'endroit est presque vide. Des moteurs chauffent à grand bruit. Il n'y a pas de foule comme lors des compétitions importantes. Seules quelques personnes regardent, discutent autour des voitures ou se préparent.

Tous deux rejoignent leur lieu de rendez-vous. Les participants sont nombreux. Iris se rappelle du nom de son pilote et de sa voiture. Elle le repère avec bonheur. Elle s'approche d'un groupe en pleine discussion.

— Vous êtes Topaze ?
— Oui.

Ils se claquent une bise et Iris enchaîne.

— Je vous reconnais. J'ai pensé à vous cette nuit et au tour de circuit que nous allions vivre ensemble.
— Je vous remercie et espère que vous passerez un beau moment.

— Je suis sûre que ce sera fabuleux.

Les autres l'observent, à la fois étonnés et jaloux de son assurance.

Iris n'ose pas regarder autour d'elle. La peur de croiser le regard de Rubis. On ne sait jamais, si elle se trouvait là ? Elle ne veut pas y penser …

Le cœur d'Iris bat la chamade. Elle n'en croit pas ses yeux. Une Ferrari blanche est postée là. C'est avec elle qu'elle fera ses tours de piste.

Elle ne lâche pas Topaze. Ils pénètrent dans une autre salle où se trouve tout le matériel pour équiper les coureurs, pilotes, copilotes ou passagers. Casques, cagoules, et que sais-je encore ? Après plusieurs essayages, la voilà pourvue de tout l'équipement !

Iris observe ce qui se passe autour d'elle. Des pilotes font des derniers étirements et des mouvements de relaxation. Des mécaniciens échangent entre eux… Toutes ces voitures rivalisent entre elles et qui font le bonheur de chacun. Et toujours cette odeur de vieille huile.

Le haut-parleur annonce le premier rendez-vous. Chacun doit se mettre sur la place qui lui est indiquée. Des moteurs ronflent et des odeurs fortes se dégagent.

Le ciel est clair. L'air est frais. Il fait beau.

Vous vous imaginez, elle va monter dans une belle Ferrari F 430 de couleur blanche et participer à une course ! Iris n'en croit pas ses yeux. Elle regarde le bolide. Il est impressionnant ! Ses pneus noirs sont énormes. « Il a une belle gueule ! » s'exclame-t-elle très fière.

Arrivés près de la voiture, Topaze invite Iris à s'installer à bord. Elle pénètre dans l'habitacle, comme si elle rentrait dans une bulle. Elle est assise très bas. « C'est incroyable, j'ai l'impression d'être par terre ! » murmure-t-elle. La place est étroite. Iris semble comme un peu étouffée. Elle qui a toujours cette sensation de ne pas avoir assez d'espace. Iris essaie d'accrocher son harnais qui la maintiendra au siège. Impossible de bouger. « J'ai horreur d'être immobilisée et coincée », songe-t-elle. En plus, ce n'est pas facile d'attacher cet attirail. Topaze vient à son secours pour serrer les sangles. Il est toujours assez froid mais courtois et surtout très attentif à ce que tout soit en place. « Chaque action a son poids pour la protection des occupants et pour le bon fonctionnement de la voiture », chuchote Iris.

Ils recouvrent leur tête d'une cagoule anti feu. Puis ils mettent leurs casques équipés d'un micro et d'écouteurs pour échanger. « Ce n'est pas très agréable tout cet harnachement ! Quelle chaleur là-dessous ! Je peux à peine respirer », pense-t-elle.

Topaze pénètre à son tour dans l'habitacle. Il s'efforce de sourire tout en étant avare de ses paroles. Iris le regarde installer son grand corps qui rentre à force de multiples contorsions. « Je n'imaginais pas qu'il avait des jambes aussi longues … » se murmure-t-elle.

Topaze teste le micro en lui demandant si elle l'entend bien. Il réitère toutes les consignes et l'interroge.

— Comment vous sentez-vous Iris ?

— J'ai hâte de démarrer !

— Moi, je suis heureux de vous avoir à mes côtés pour cette course. Maintenant que tout fonctionne bien, nous pourrons échanger.

Iris est tout intimidée. Elle ne voit que les yeux verts de Topaze. « Nos visages sont comme engloutis sous cet étrange couvre-chef», se dit-elle.

Iris essaie de respirer une grande bouffée d'air comme pour se donner du courage car au fond d'elle-même elle a un peu peur. Elle sent son cœur battre très fort. Des bouffées de chaleur inondent son corps.

Topaze porte des gants. Ses mains paraissent énormes. Iris a été dispensée de cette protection. Généralement le copilote suit la trajectoire à l'aide d'un cahier et d'un crayon. Il ne porte pas de gants et indique au pilote les difficultés. « Heureusement, Topaze connaît très bien le circuit car je suis profane en la matière, je ne sais pas si je serai capable de me débrouiller ? » se mâchouille Iris. Elle a la chance d'être passager sans avoir aujourd'hui une fonction particulière juste celle d'observer et d'être toute ouïe à ce qui se passe en dehors et en elle.

Ils devront être tous deux très concentrés. L'adrénaline stimule leurs sensations et l'impatience gagne. Iris est à la fois enchantée et craintive. Elle ne peut plus reculer ! D'ailleurs, elle n'en a pas envie…

Iris est intriguée par la simplicité du tableau de bord où figurent quelques indications sommaires.

Le démarrage va bientôt avoir lieu. Le moteur ronronne. Le bruit est fantastique ! Une résonnance prodigieuse ! Toute la voiture vibre. Elle est prête à bondir !

Ça y est, le top du départ est donné ! Nous voilà partis !

Iris en oublie qu'elle est comprimée. Tout se passe tellement vite. C'est d'une violence extrême ! Comme si la voiture allait exploser. C'est inimaginable !

Iris est en même temps heureuse et anxieuse de ces tours de piste. Elle entend des bruits terribles même sous son casque ! Elle se demande si c'est normal ? Son visage se tend. Iris observe Topaze. Il ne fait qu'un avec sa voiture. Il lui paraît encore plus beau. Il est focalisé sur le circuit et attentif. Il montre une maîtrise extraordinaire. Pour Iris la joie et la peur s'entremêlent. Elle sent que son sourire est figé. La route défile à toute allure. Elle est comme abasourdie. Tous ses muscles sont tendus.

Une température particulière règne dans l'habitacle. Comme si la voiture devenait une boule de feu tant la chaleur monte !

Iris est à la fois euphorique et inquiète. Elle regarde partout. Elle contracte ses jambes. Sa gorge se serre. Topaze lui explique sa conduite. Iris entend quelques bribes de paroles hachées. Elle perçoit surtout toutes les sensations qui viennent en elle : excitation, peur, bonheur…

Topaze, les deux mains posées sur le volant se sent sûr de lui. Il est vraiment maître à bord. Iris est admirative et essaie d'avoir toute confiance malgré sa tension intérieure. Elle sent comme une odeur de brûlé. « Est-ce que tout est normal ? »

« Le moteur monte dans les tours. La boîte séquentielle se charge d'empêcher les sur régimes, ce sont les échauffements de la mécanique », tente de lui expliquer Topaze. « Des mots complexes pour une inexpérimentée ! » Mais ce n'est pas le moment de lui poser des questions …

Iris observe le pied droit agile et précis de son pilote. C'est le seul dont il se sert. « Je passe la première puis la deuxième et j'accélère en 3ème, 4ème et 5ème », lui commente-t-il. « La route est droite pendant un temps qui paraît très court ! » pense Iris.

Topaze continue à développer la progression du parcours. « Là, c'est un virage rapide suivi d'une épingle. » Parfois sa voix tremble. Iris ne sait si c'est dû à la voiture ou à la pression. Il roule toujours à fond. La vitesse est phénoménale ! L'habitacle vibre dans tous les sens. Iris en a le tournis. Les virages se succèdent et elle est comme emportée dans ce tourbillon. Elle est à la fois heureuse et émue, elle ne sait plus trop !

La route défile à toute allure. Elle peine à la voir. Elle aperçoit tout juste les barrières de sécurité. Elle a discerné rapidement une arche avec de la publicité. Tout va si vite…

Iris se calme et regarde Topaze. Il tourne tout doucement son volant, sans-à-coups. Il bouge à peine les mains et surtout fait de tous petits mouvements. C'est comme s'il effleurait les touches d'un piano avec délicatesse et précision. En même temps, il est comme accroché à lui et semble ne faire qu'un. « Ce serait plus rassurant si je tenais le volant ? » « Quelle belle maîtrise ! » Elle s'efforce d'avoir confiance en son pilote sans refuser les sensations d'inquiétude et de stress qui montent en elle…

Topaze fixe intensément la route. Il doit avoir une rigueur et une concentration à toutes épreuves. « Toute la violence de ces bruits et les forces vibratoires sont exténuantes », pense Iris.

Il a la tête qui bouge très légèrement à droite, à gauche. On a l'impression qu'il est un robot ! Il porte une extrême attention aux autres voitures. Il lève souvent son visage. Iris se sent aussi hocher inconsciemment la tête. Elle est comme prise par l'énergie qui fuse dans le bolide !

Tout tremble dans la voiture. « Ce sont des intensités et des contraintes physiques tout à fait inhabituelles », se susurre Iris. Elle ressent une atmosphère lourde et étouffante à l'intérieur de l'habitacle comme une suffocation ! Elle évacue difficilement le stress qui monte en elle.

Nous abordons un énième virage. Iris imagine le regard alerte de Topaze. Elle sait qu'il doit anticiper la sortie de la courbe en visualisant la fin. Il passe ras de la corde. « Nous sommes en quelque sorte tout près du bord du circuit. C'est impressionnant tant il suit de très près la trajectoire des virages », se marmonne Iris. Elle peine à croire qu'il ne va pas sortir de la route. Un frisson jaillit de son corps.

La confiance n'empêche pas la peur d'Iris. Elle se contracte et resserre ses muscles pour mieux affronter le danger et lutter contre la force centrifuge.

Topaze tourne les roues et hop il accélère. Il repart tout droit. « 4ème, 5ème et à fond », lui lance-t-il, tout satisfait de sa conduite.

Il fait très chaud. Iris ne sait si c'est son stress ou la chaleur que procure la concentration dans la voiture.

Elle ignore à quel tour on en est. Tout va trop vite ! Iris est vraiment accrochée à son siège au sens propre comme au sens figuré !

Iris perçoit à peine la vue du ciel. Il est maintenant bleu avec de gros nuages blancs qui semblent bouger très vite.

Le bruit qui claque dans sa tête est très fort et fatiguant. Quand Topaze rétrograde ce sont encore des sons différents mais tout aussi rugissants !

Une voiture devant nous. « Elle va plus vite en ligne droite mais nous la rattrapons dans les virages », lui précise Topaze. La dépasser s'annonce difficile. « Topaze profite sans doute d'une faute de son pilote et la précède brillamment», se dit-elle. Iris comprendra l'erreur du pilote quand Topaze lui expliquera lors du débriefing après les tours.

Parfois, il y a des plots sur la piste qui indiquent qu'il faut faire attention. « A peine ai-je eu le temps de les voir ! » se murmure Iris.

Un autre virage puis encore un. C'est comme s'il ralentissait dans les tournants. « Oh ! J'ai l'impression qu'il va rentrer dans la voiture qui est devant », a-t-elle envie de crier.

Topaze ne paraît jamais en stress même s'il roule très vite. « Regarder la trajectoire, faire les bons gestes au bon moment, être organisé, méthodique, précis semble être la vraie maîtrise d'un pilote », constate intérieurement Iris.

Il freine de plus en plus fort. Tout vibre. C'est une violence supplémentaire ! « J'ai l'impression qu'il ne va pas s'arrêter ? »

« L'arrivée approche … » lui assure Topaze.

Tout a été si vite. Impossible de savoir combien de tours ils ont fait. Iris est étourdie, abasourdie... « Cette course s'est déroulée à une vitesse incroyable ! » souffle Iris.

« Ouf ! C'est l'arrivée. J'ai l'impression d'être partie quelques minutes auparavant. Même si j'ai eu peur je suis si contente d'être là … » se chuchote Iris.

Le moteur ralentit. Le bruit et la fureur s'estompent. Iris se détend. Topaze la félicite.

Elle attend qu'il lui donne les consignes. Topaze vient à son aide pour lui permettre d'enlever son harnais. Elle pourrait rester encore dans ce bolide… Un peu sonnée et contente d'être arrivée !

Iris s'extrait de la voiture et réalise à peine ce qu'elle vient d'accomplir. Les voilà debout, très fiers tous les deux, surtout elle malgré l'épuisement. Ils vont déposer leur matériel et tentent de récupérer un peu d'énergie. Ils se congratulent avec d'autres pilotes. Et s'apprêtent à rejoindre l'équipe organisatrice.

Le pilote heureux embrasse Iris qui sous l'effet du bonheur efface quelques larmes. Elle ne croyait pas y parvenir !

Iris l'aura réalisée cette course tant espérée et elle a hâte de raconter cet exploit à son Petit prince… Oui, elle l'avait mis dans le secret.

Le rêve est accompli et immortalisé grâce à la vidéo tournée à l'intérieur de la voiture. Que de sensations resteront imprégnées dans sa tête et dans son corps : joie, fierté, dépassement, courage, peur …

Elle n'est pas prête d'oublier ce merveilleux challenge qu'elle a hâte de conter à ceux qu'elle aime …

Antoine reçoit vite un message et elle ne tardera pas à lui téléphoner.

Elle sera fière de retrouver Augustin pour lui montrer la vidéo et lui raconter en détail toutes ses sensations.

Iris sort à l'extérieur quand elle est happée par un autre pilote encore casqué avec des lunettes de soleil. Il vient recueillir ses impressions à chaud.

« Je suis un ancien coureur qui vient de temps à autre sur le circuit. J'aimerais avoir votre sentiment, à chaud, après votre participation à la course », lui dit-il.

Etonnée et tellement heureuse de son exploit Iris lui déverse tout ce qu'elle a ressenti.

— C'était carrément éprouvant, lui lance-t-elle.
— Peut-être trop difficile pour vous ?
— Non, pourquoi, j'ai aimé cette prise de risque.
— La conduite s'est-elle bien déroulée ?
— J'étais bluffée par mon pilote. Il m'est difficile d'imaginer les efforts considérables que demande la conduite d'une voiture de course. A la fin le pilote doit être épuisé nerveusement et

— physiquement par cette activité traumatisante sur les plans musculaires et articulaires.

— Vous savez, la partie du corps la plus sollicitée est le cou. Est-ce que vous monteriez encore dans une voiture de course ?

— ….

Un ami l'appelle pour lui dire qu'il s'en va. Il quitte Iris à regret pour profiter de la voiture qui le ramène chez lui.

Mais qui est cet homme à qui elle s'est confiée ? Elle ne l'a pas reconnu avec son accoutrement de pilote…

16

Iris est rentrée à Paris.

Elle est revenue très enthousiaste de son expérience dans ce bolide de course. Ces tours de pistes lui ont procuré encore plus d'adrénaline. Elle a été comme dopée par cet univers du circuit.

Gorgée de sensations fortes et d'émotions, Iris a retrouvé son petit nid et repris son travail avec ardeur.

Elle est passionnée par sa situation. Même si une tâche importante l'attend : l'étude de plusieurs produits pour une entreprise qui voudrait les mettre en vente. Le lancement d'un article ne se fait jamais seul. Toute nouvelle mise sur le marché est un pari. Iris étudie les comportements des acheteurs et examine à la loupe les marchandises des concurrents. Ses instruments sont variés. Ce sont à la fois des enquêtes, des échantillons d'entretiens qualitatifs et quantitatifs, des réunions de groupes et des visites dans les magasins pour analyser la prise de décision du consommateur. Son objectif est de livrer des études chiffrées, objectives, précieuses pour mettre au point une stratégie commerciale.

Iris sait observer les réactions et les attitudes des différentes populations. Elle a du goût pour la psychologie des êtres. Et elle adore créer et voir réagir les uns et les autres.

Divers rendez-vous sont prévus pour échanger sur les résultats de ces conclusions conformément à la demande et à l'attente de l'entreprise. En groupe, ils discutent du projet de l'entreprise. Iris apprécie ces rencontres. Elle est à l'aise dans le travail en équipe avec de réelles capacités relationnelles.

Par contre elle a dû travailler beaucoup sa fibre commerciale pour atteindre un niveau acceptable. Et elle est devenue très forte en chiffres et en statistiques. Elle est rigoureuse et minutieuse.

Iris est vraiment contente de retrouver ses collègues. Elle les a découverts depuis peu et les apprécie.

Ce soir, sa cousine Elvire lui a proposé de prendre un verre en sortant de son bureau. Avec elle, Iris a de nombreux souvenirs chez sa grand-mère Margot. Elles riaient bien ensemble en se racontant leurs histoires. Elles se sont perdues de vue mais prennent toujours plaisir à se retrouver.

Elles se rejoignent dans un petit café en bas de chez Iris. Elle l'avait prévenue qu'elle était, en ce moment, submergée de travail.

Elvire arrive toute joyeuse de retrouver sa cousine. Elle l'aperçoit au fond de la salle, lui fait un grand signe et s'approche d'elle en courant. Ce sont de fortes embrassades avant de s'asseoir.

— Comment vas-tu ? Je suis heureuse de te voir.

— J'ai un travail fou. Un client qui attend un dossier pour le début de la semaine prochaine.

— Parle-moi de ton métier qui semble encombrer tes pensées.

Iris s'exprime avec passion et précision. Elvire est tout ouïe…

— Je dois bien comprendre ce qu'attend le commanditaire. Réunir des personnes d'âges différents, observer leurs réactions face aux produits de l'entreprise, analyser leurs comportements, et réaliser des conclusions. Le tout dans un temps record ! J'ai un travail d'enquête minutieux. Je recueille des données significatives comme le nombre d'achats mensuels, les résultats de tests de goût, la composition des familles et habitudes de chacun des membres. Puis, je rédige des synthèses et délivre des recommandations aux services concernés.
— C'est sûrement très intéressant et varié. Mais à quoi serviront les études que tu fais ?
— Elles seront utilisées comme référence et conseil à tous les stades de la vie d'un article, de sa conception aux éventuels changements à apporter.
— Et ton travail de terrain ?

— C’est le recueil permanent d’informations ainsi que mon observation attentive de la société qui permet de suivre, voire d’anticiper l’évolution des tendances.

— Tu as de quoi t’occuper ?

— Je t’ai donné un rapide condensé de mon métier et j’espère ne pas t’avoir ennuyée.

— Au contraire, j’aime quand tu débordes d’énergie.

— Et toi Elvire, que deviens-tu ?

— Je suis toujours à la recherche d’un travail dans l’évènementiel. En ce moment c’est encore plus difficile.

Iris voyant sa cousine très soucieuse cherche dans son sac une carte de visite.

— Tiens, je te communique le nom d’un ami qui pourrait t’aider. Appelle-le de ma part.

— C’est adorable. Je t’en remercie. Avec tout ton travail je comprends que tu sois fatiguée mais tu as l’air d’être chagrinée par quelque chose d’autre ?

Iris est songeuse et embarrassée avant d’engager une conversation plus intime. Elle réfléchit un instant et…

— En fait, j'ai beaucoup de soucis qui me trottent dans la tête.

— Ah oui ?

— J'ai une mère qui m'insupporte et un père dont j'aimerais savoir ce qu'il est devenu.

— Ta mère je l'ai constaté depuis le temps que je la fréquente et je ne suis pas étonnée ! Mais ton père ?

— Oui, justement, je ne l'ai jamais connu. Ma mère ne m'en parlait pas. Il y avait souvent d'autres hommes à la maison qui allaient et venaient. Je les observais. La plupart étaient très gentils avec moi mais ils n'étaient pas mon père.

— Je comprends ton angoisse. Mais que vas-tu faire ? N'as-tu pas envie d'apprendre ce qu'il est devenu ?

— J'aspire à le rechercher et en même temps j'ai très peur. Les amis de ma mère m'ont donné en quelque sorte des références masculines. Certains étaient père et je voyais comment ils agissaient.

— Mais quel que soit l'homme, il n'était pas ton père !

— Et puis je me suis habituée à vivre sans lui, j'ai dû me forger mon existence ainsi.

— C'est normal. Tu es même devenue une femme forte avec un esprit déterminé. Ce qui n'empêche pas que tu as aussi beaucoup d'empathie pour les autres.

Iris se pose de plus en plus de questions sur son père. Sans doute davantage depuis qu'elle réalise tous ces challenges et après être sortie de son milieu de Pau. Elle aimerait comprendre ses origines et surtout savoir pourquoi son père a préféré fuir plutôt que d'assumer la naissance de son enfant. Sa mère est restée toujours très évasive et confuse sur le sujet. Alors Iris s'est forgé une carapace et ne lui en a plus parlé.

Toutes ces questions et suppositions font du bien à Iris. Elle détourne son regard et enchaîne :

— Parfois j'idéalise mon père et me dis qu'il serait grand, beau, intelligent. Je l'imagine attentionné, brillant. Avec toutes les qualités dont une petite fille rêve pour son père.

— C'est peut-être le cas ?

— Ou alors je pense à un homme désagréable, prétentieux, violent qui m'aurait peut-être fait souffrir et que j'aurais détesté ?

— C'est vrai. Tu ne peux pas savoir.

— Lorsque je rencontre des hommes plus âgés j'imagine que mon père pourrait être l'un ou l'autre de ces deux profils. C'est peut-être la raison pour laquelle je suis attirée par les hommes plus âgés et en même temps je les crains.

Iris pense à cet homme qui l'avait interrogée après les tours de piste ? Ne l'avait-elle pas déjà vu ? Peut-être c'était celui qu'elle avait appelé le Magicien ? Il était si emmitouflé avec son casque et ses lunettes noires … Aussi, après ces enivrants moments sur le circuit, elle était comme droguée et elle ne s'attendait pas à ce que quelqu'un lui pose toutes ces questions.

Elvire devant l'angoisse d'Iris change de conversation.

— As-tu des projets ?

— Oui, je dois partir faire une excursion sur le Mont-Blanc.

— Quoi ! C'est génial. Tu en as de la chance. Quand pars-tu ?

— Le week-end prochain.

— Tu dois être enchantée, toi qui apprécie tant la montagne.

— Oui, ça va être difficile mais en même temps c'est un défi que je me suis donnée. Je veux goûter de plus en plus à la vie en tentant toutes sortes d'expériences. Peut-être pour ne pas réfléchir à mon père ?

— Je vois que rien ne t'arrête et que tu fonces. Tu as raison de t'investir autant dans tes projets. Qui sait ? Ton père se trouvera probablement sur ta route ?

Iris préoccupée, se reprend :

— Je ne peux pas rester trop longtemps avec toi ce soir car je dois être en forme pour ce grand tour qui se prépare et poursuivre le travail de mes dossiers préalablement.

Iris aime se donner à fond dans son travail.

Elle rentre épuisée mais satisfaite de sa journée. Surtout elle est si heureuse d'avoir pu échanger avec Elvire sur toutes ces interrogations qui la préoccupent. Elle s'est comme déchargée d'un fardeau avant d'affronter un autre challenge qui approche …

17

Cette excursion était prévue de longue date.

A chaque fois un évènement empêchait Iris de s'y engager. Mais, aujourd'hui c'est le grand départ.

Iris s'est levée tôt. La sonnerie de son réveil l'a fait sursauter ! Toutes ses affaires prêtes la veille lui laissent le temps d'avaler en vitesse un petit déjeuner !

Cette excursion du Mont-Blanc est un autre défi pour Iris ! Voir jusqu'où elle pourrait aller, c'est un pari face à elle-même et à ses soucis de santé. Elle est si contente d'avoir obtenu l'aval d'un guide pour réaliser cette ascension. Quelqu'un croit en elle ! Elle en a particulièrement besoin en cette période de doutes…

Elle arrive en courant Gare de Lyon pour attraper son train pour Les Houches. Et elle retrouve sur le quai les trois autres participants à l'aventure. Paul son cousin, Marc un ami et Roxane qu'Iris ne connaît pas encore. Chacun se courbe sous le poids d'un sac rempli de matériel et autres accessoires de haute montagne. Iris connaît l'attirail pour l'avoir expérimenté lors d'un long week-end ! L'accueil est très chaleureux, tous s'embrassent affectueusement. Les échanges se font très simplement. Ils communiquent sur leur forme et l'équipement des uns et des autres.

— Comment te sens-tu Iris ? lui demande Paul tout ragaillardi.
— En pleine forme et heureuse de vous revoir, même avec ce chargement qui me tient chaud !
— Tu vas voir, c'est extraordinaire, lui dit Roxane sûre d'elle-même.
— Laisse-lui le temps de découvrir ! ajoute Marc agacé.

Ils se contorsionnent pour monter dans le wagon et poser leur fardeau. Les autres passagers du train les regardent. Ils font du bruit sans s'en rendre compte tout à leur joie de vivre cette ascension ! Puis, un semblant de calme s'installe les invitant à continuer leur nuit.

Iris est agitée. Elle ne réussit pas à dormir. Elle regarde son téléphone et découvre des messages : Rubis, sa mère … Et Pierre, l'homme au portefeuille.

Un message de sa cousine Elvire lui transmet le numéro de celui qu'elle a baptisé le Magicien. Cet homme mystérieux et souvent présent aux détours de ses chemins. Elle lui envoie juste ces quelques mots comme une sorte de clin d'œil : « Je vais, moi aussi, gravir une haute montagne ! »

Mais Iris pense surtout à son merveilleux Petit prince perdu au fond de son hôpital.

Elle s'empresse de répondre à chacun : « Vous savez que celui qui veut atteindre un but, le peut ! Tout va bien. Faites-moi confiance. Cette expérience est importante pour moi. »

Et le sommeil la gagne peu à peu. Quand elle est réveillée par un ronflement. Elle avait déjà oublié ce phénomène ! Elle a encore très chaud et boit la moitié d'une bouteille d'eau. Petit à petit, chacun s'étire, sort de son endormissement et parle avec son voisin. Paul, son cousin, un grand aux cheveux longs a toujours l'air dans son monde. Marc, un ami, plus petit à qui sa chevelure frisée donne un air jovial. Roxane, une amie des deux autres qu'elle découvre. Elle intimide déjà Iris. Peut-être lui fait-elle penser à Rubis, sa mère ? Elle paraît être une chevronnée de la montagne … et raconte, déjà, d'une voix forte, toutes ses expériences avec brio.

— C'est la meilleure saison pour réaliser cette excursion, leur dit Roxane d'un ton péremptoire.

Un beau moment de retrouvailles et de découvertes mais c'est là haut, en pleine montée, qu'ils percevront les réactions et comportements véritables des uns et des autres…

La longueur du trajet ferroviaire ne les a pas gênés. Lecture, bavardages et sommeil étaient au menu. L'air était peu respirable dans le wagon tant le chauffage était à fond.

Les voilà arrivés en gare des Houches. Ils descendent du train avec leurs accoutrements particuliers, mais ici

c'est normal. A nouveau pliés en deux sous le poids de leurs bagages, la station leur apparaît. Elle s'étend comme un chapelet de hameaux. « Les montagnes sont toutes plus impressionnantes les unes que les autres. Elles me paraissent inaccessibles. C'est un défi insurmontable que je me suis donné ! » songe Iris.

« Ici l'air est pur et vivifiant. On entend même les cloches des vaches au lointain, » s'étonne Iris. Des cloches qui résonnaient lors de séjours estivaux en montagne. Elles font émerger en elle tant de souvenirs joyeux.

— Quel paysage fascinant ! Un panorama exceptionnel sur les Aiguilles de Chamonix, s'enthousiasme Paul.
— Nous sommes à 1000 mètres et au cœur du massif du Mont-Blanc, s'émerveille Marc.

Ils sont tous envoûtés !

— Que c'est beau ! Je suis subjuguée … s'exclame Iris.
— A chaque fois que je viens ici c'est toujours aussi extraordinaire … lâche Roxane.

— Moi, c'est la première fois, alors je suis émerveillée ... ajoute Iris crispée.

Tous sont radieux de se retrouver enfin là.

— Je n'en crois pas mes yeux ! s'écrie Iris.

— Tu n'as rien vu, poursuit Roxane.

« Elle m'énerve de plus en plus. Je crois retrouver ma mère », se murmure Iris.

— Où est le Mont-Blanc ? demande Paul

— Tu vois, là-haut sur la gauche, c'est le dôme le plus en arrière, assure Roxane.

— Je n'ai pas de mot. C'est tout simplement fabuleux, dit Marc plus réservé.

Arrivés la veille de leur escalade, ils logent dans un petit hôtel dans la vallée où un mini bus les a conduits. L'accueil est sympathique. Garçons et filles se retrouvent dans deux jolies chambres chaleureuses tout en bois clair. Chacun s'installe avant de descendre prendre le dîner.

« La chambre est trop petite et le repas n'est pas assez chaud ! » reproche Roxane. « Elle me fait vraiment penser à Rubis. J'ai l'impression de retrouver ma mère ! Je vais devoir me calmer ! » se marmonne Iris.

L'écho des garçons est plus simple. A entendre leurs réflexions : Marc est toujours aussi maniaque et Paul encore bordélique. Iris se souvient d'un week-end très amusant avec eux.

Pendant le dîner, ils parlent de leurs occupations, de leurs passions, de la société et même de politique. Mais personne ne s'éternise car demain la vraie aventure commence…

Pour Iris, le doute s'est renforcé petit à petit pendant la nuit : « serais-je capable de réaliser cette excursion ? »

Quant à Roxane, dans la même chambre qu'Iris, elle n'arrête pas de raconter ses exploits qui finissent par endormir sa colocataire.

Le lendemain, leur guide leur a donné rendez-vous à 8 heures 30 minutes à l'accueil de l'hôtel.

— Quelle bonne odeur de croissants chauds ! s'écrie Iris en arrivant.

— La salle n'est pas agréable et mal décorée, chuchote Roxane.

Iris ne fait plus attention à elle.

Voilà les garçons. Ils les gratifient d'un « salut ! » encore dans les bras de Morphée… C'est assez drôle !

Après un bon petit déjeuner où le mutisme et l'appétit s'entrechoquent, ils filent ranger leurs affaires. Redescendus à l'accueil, ils ajoutent dans leur sac à dos trois litres d'eau et quelques barres de céréales pour tenir le coup ! Ils vont bientôt disparaître sous le poids de leur sac !

Leur guide, Gérard arrive. Iris est si contente de le revoir. Elle lui saute au cou. C'est lui qui lui avait donné son accord. En plus d'être sympathique, c'est un homme grand et fort au teint buriné et aux petits yeux marron pétillants. Sa corpulence donne à Iris l'impression d'être enserrée dans ses bras costauds. Elle aime ce côté enveloppant et cette confiance qu'ils s'accordent mutuellement pour affronter ce challenge.

Un peu à l'écart, Gérard, leur fait un petit briefing. Sa décontraction naturelle et son sens de l'humour les met tout de suite à l'aise. Dès les premiers instants, le courant passe et ils sentent qu'ils sont entre bonnes mains. Ils sont tout ouïs. Gérard leur rappelle que l'excursion débute par deux jours d'acclimatation où ils réviseront les techniques de progression et de sécurité en neige et glace.

— C'est essentiel de savoir maîtriser les techniques de cramponnage car une partie de la montée s'effectue en crampons, souligne Roxane avec aplomb !

« Elle ne cesse de m'échauffer. Mais de quoi se mêle-t-elle ? » râle Iris.

Gérard vérifie leur équipement et le complète avec crampons, casque pour protéger la tête des impacts, et baudrier pour faire le lien entre le grimpeur et la corde. Il insiste particulièrement sur certains points :

— Une concentration est de mise à chaque instant.
— L'altitude provoque une privation d'oxygène obligeant le corps humain à s'adapter. Et l'effet direct sur l'organisme de l'augmentation de la

respiration est l'accroissement de la fréquence cardiaque, c'est-à-dire la tachycardie.

Les uns et les autres enregistrent avec respect toutes ces consignes.

« J'avoue que j'ai la boule au ventre. Mon stress est un mélange de peur et d'excitation. » se murmure Iris.

Voilà, ils sont partis …

Ils prennent la direction du refuge Albert 1er en empruntant télécabine et télésiège. Serrés les uns contre les autres ils admirent le décor.

— Le paysage est somptueux. C'est un régal pour les yeux. Les montagnes sont impressionnantes et fantastiques, s'écrie Paul.

— C'est comme si elles se rapprochaient de plus en plus de nous et que d'autres apparaissaient, ajoute Iris toute craintive.

— Regardez cette légère brume en haut des sommets. C'est tellement romantique, ajoute Marc.

— Heureusement que nous sommes ensemble pour la montée car le vide sous les cabines m'impressionne toujours, leur confie Iris.

— Tu sais que tu es parfaitement en sécurité, lance Roxane.

Ils poursuivent leur chemin, deux bonnes heures, en marchant l'un derrière l'autre vers le refuge situé à 2 702 mètres. L'air est pur et vivifiant.

— Vous allez découvrir un emplacement incroyable avec une vue grandiose sur un large éventail de sommets ! leur annonce Gérard.

Un froid intense les saisit. Les garçons semblent mieux réagir aux premières difficultés.

Arrivés, ils avalent un léger repas pour leur permettre de poursuivre la journée.

L'après-midi, crampons aux pieds, ils ne perdent pas un mot des paroles de Gérard : il leur rappelle les bases de l'évolution sur la neige et la glace. Et il revoit avec eu l'utilisation du piolet et des techniques d'encordement.

« Le mal des montagnes a fait son apparition … » se susurre Iris mais elle n'ose en parler.

Roxane démontre avec aisance tout ce qu'elle sait faire. Rien ne la retient !

— La fascination des cimes me transporte dans un autre monde, celui de la haute montagne, se martèle Iris pour cacher son appréhension.

— Une épreuve périlleuse, reprend Marc inquiet.

— Pour marcher en cordée, il suffit d'avoir l'attitude d'un ours avec un pas lourd pour renforcer les crampons. Cette position donne une meilleure stabilité et maintient une tension des cordes, explique Gérard.

— Celles-ci bien tendues sont importantes au cas où une crevasse viendrait s'ouvrir … commente Roxane.

« Elle n'est pas notre guide ! Elle ne peut s'empêcher de donner un commentaire. Et ce ne sont pas toujours les plus joyeux ! » s'énerve Iris.

Du vent s'engouffre et le ciel est d'azur. L'air est toujours glacial. « Pas aisé de grimper ! » lance Paul.

— Nous commençons sur des voies faciles, leur dit leur guide.

A peine ont-ils franchi les premiers dénivelés qu'un spectacle alpin se joue devant eux : une famille de bouquetins s'amuse sur la crête. Sautant, dévalant, grimpant, les jeunes cabris semblent tout fiers de montrer leur dextérité.

Sur le glacier chacun apprend à manipuler le piolet et à utiliser au mieux les crampons.

— Au début, cela semblait ardu mais on prend le coup de main ! s'enthousiasme Iris.

— C'est tout un art de se servir du piolet, s'exclame Paul.

— Vous assimilez les bases de la marche en cordée, leur explique Gérard.

Les exercices s'enchaînent rapidement. « Notre guide est merveilleux. » se murmure Iris.

— Nous avons beaucoup de chance d'être là, ajoute-t-elle à la cantonade.

— Mais ce n'est pas facile de tenir debout sur cette glace ! C'est une impression déroutante ! a envie de crier Marc.

Là, les plaques gelées se jouxtent. Iris évolue de l'une à l'autre comme si elle dansait. En regardant chacun c'est un ballet qui se déroule au son du crissement de la glace.

Tout est beau. Le ciel se reflète sur l'ensemble des zones glacées et leur donne toutes sortes de couleurs. Mais les crevasses et les précipices sont bien présents … Iris les regarde de loin avec la frayeur qui la retient. Elle fait confiance au groupe.

Après cette première journée fatigante et intéressante, ils regagnent le refuge tout en laissant échapper leurs commentaires :

— La facilité de son accès et la forme plane du glacier en font une zone idéale pour s'initier à l'alpinisme, leur rappelle Gérard.

— Les crevasses en contrebas témoignent de l'activité qu'on imaginerait inamovible et endormie, ne peut s'empêcher d'ajouter Roxane.

— Je suis vannée ! s'exclame Iris.

— Pour moi, ce qui m'excite et me fait avancer ce sont de beaux souvenirs, ajoute Roxane.

— J'ai parfois du mal à respirer, bégaye Marc.

— Mes jambes me font souffrir. Elles ressentent l'effet de l'altitude, bafouille Paul.

Dans le refuge, c'est un autre mode de vie. Ils retrouvent le patron, un homme carré, au regard perçant, habitué à la vie dure mais heureux. « Si vous saviez combien il voit passer de monde », leur précise Roxane.

Albert, leur donne les consignes d'installation. Le lieu est chaleureux et sympathique. Une bonne odeur envahit leurs narines. L'endroit est rustique mais tout y est bien organisé. Ils engloutissent une soupe chaude, quelques légumes et une tarte aux myrtilles. « Que c'est bon ! » s'exclament-ils. Et les discussions vont bon train quand leur guide leur rappelle l'heure prochaine du lever.... Ce sont les expériences en montagne qui fusent. Iris est encore bien débutante en la matière. Elle leur exprime sa joie d'être là au milieu d'eux. Et la chance qu'elle mesure aujourd'hui de pouvoir participer à cette excursion ...

Dès que le repas est avalé, chacun part se coucher. Une longue journée les attend le lendemain ! Iris s'endort en pensant à cette évasion merveilleuse au milieu des montagnes et oublie toutes ses interrogations.

Le deuxième jour, après un petit-déjeuner consistant, départ dans la nuit pour le sommet de l'Aiguille du tour,

3529 mètres. Tout est silencieux. Ils ont l'impression que la montagne est à eux.

— L'aurore et les nuages accumulés dans la vallée nous offrent un spectacle absolument époustouflant ! lâche Paul.

— Comment décrire un tel paysage ? La force qui s'en dégage est trop forte pour être portée par des mots, balbutie Iris.

L'air se raréfie. Ils ont du mal à respirer.

Toujours encordés ils traversent le glacier du Tour pour gagner le col supérieur.

Ils prennent pied sur le magnifique glacier de Trient, éblouis par les premières lumières du soleil levant qui contrastent avec l'ombre glacée. Après l'avoir longé, ils atteignent le sommet sur un versant rocheux.

— C'est idéal pour se familiariser avec le côté aérien de l'alpinisme, leur lance Gérard.

— Ce fabuleux itinéraire permet de s'exercer aux techniques d'évolution en neige et rocher, poursuit Roxane.

— Ces montagnes nous portent et nous transforment ! s'enthousiasme Iris.

Ils revoient ensemble les différentes techniques d'assurage et de progression sur un terrain glaciaire et de pentes enneigées sans oublier le secours en crevasse.

— Le paysage est grandiose. Chaque sommet cache son secret, lance Marc.

— J'ai peur et hâte de tous les reconnaître. Ils sont si majestueux ! enchaîne Iris.

Chacun continue d'admirer sans parler. L'air se réduit encore. Le froid est saisissant mais ils sont bien couverts.

Iris sent parfois des crispations qu'elle fait disparaître en se frottant le bras. C'est une habitude qui fonctionne pour elle. L'air vif entre dans ses narines. Sa gorge se remplit. Elle ressent comme un trop plein qui l'enivre.

Elle est bien consciente qu'ils ressentent tous des difficultés. Elle prend aussi du recul par rapport à son énervement envers Roxane.

Là, ce n'est plus la même chose. Iris se trouve face au danger. C'est comme si elle ne craignait plus les précipices ou comme si elle n'avait plus peur de mourir. La musique saccadée de leurs crampons et de leurs piolets résonne. Savoir que les uns et les autres sont là tout près donne chaud au cœur. Elle est confiante et goûte avec joie l'air qui rentre dans ses narines.

— Les piolets sont importants en cas de glissade dans les passages délicats, affirme Roxane.

— Le silence montagnard est assez assourdissant, chuchote Iris comme pour la calmer.

Iris essaie d'être détendue mais surtout elle est sûre du groupe. Ils sont vraiment liés les uns aux autres. Chacun est responsable du suivant et ainsi de suite … Ils sont encordés ! Parfois l'arrêt de l'un d'entre eux les oblige à ralentir, même à stopper. Chacun se doit d'être patient. Le vertige guette toujours l'un ou l'autre.

Une amitié extraordinaire se forge peu à peu. Ils dépendent maintenant tous les uns des autres … L'assurance est de mise. « Une très belle école de la vie ! » songe Iris.

Iris pense à cet homme qu'elle avait rencontré et se remémore les expériences en montagne qu'il lui avait racontées…

En milieu d'après-midi, ils redescendent tranquillement en télésiège et télécabine dans un hôtel de la vallée où ils dorment. Un lieu chaleureux où ils sont cocoonés. La soirée se passe autour de bons plats savoyards pour débriefer ces deux premiers jours et préparer leur ascension du Mont-Blanc.

Gérard reste avec eux pour la soirée. « Aguerris par ces deux jours de préparation, vous avez le bagage technique et l'expérience minimale pour vous mesurer au Mont-Blanc », les rassure-t-il, fier de son équipe.

Ils sont fous de joie ! et s'embrassent.

Iris, comme chacun, prend le temps d'écouter tous ses messages téléphoniques et joint les uns et les autres avant que le sommeil ne la gagne. Elle commence par sa mère.

— Je croyais que tu avais le mal des montagnes ! s'exclame Rubis.

— J'ai pris ce qu'il fallait et mentalement je suis prête pour affronter cette belle aventure.

— Tu n’es pas trop fatiguée ?

— L’équipe est formidable et notre guide nous épaule à merveille.

— Je m’inquiète pour toi.

— Je te laisse car j’ai d’autres personnes à contacter.

Le troisième jour, après un sommeil réparateur, les voilà repartis sur les remontées mécaniques des Houches. Puis ils montent à bord du tramway du Mont-Blanc avec ses wagons de légende. Il serpente entre prés, pâturages et petits lacs de montagne et les propulse jusqu’au nid d’Aigle à 2372 mètres. Des bruits incroyables retentissent… » Certains semblent inquiets !

— C’est un train à crémaillère, leur dit Roxane.

— Quelle vue unique sur les aiguilles et les différents dômes ! s’enthousiasme Iris.

— Un superbe panorama sur le massif du Mont-Blanc, s’émerveille Marc.

— Un train si haut dans la montagne c’est extraordinaire, s’exclame Paul.

— Regardez le spectacle des alpinistes au départ de l’ascension du Mont-Blanc, ajoute Roxane.

Ils traversent quelques névés qui les mènent au refuge de Tête Rousse où ils passent la nuit. Il est juché sur un éperon rocheux à 3167 mètres. Impressionnant, il trône fièrement sur son promontoire. La joie les envahit quand ils découvrent qu'ils sont tout près du refuge. Heureux de voir enfin un lieu où ils pourront se reposer.

Gérard les réunit autour d'une boisson chaude. « L'ascension du lendemain sera difficile ! »

— Comment vous sentez-vous ?

— Contente qu'il fasse beau, s'écrie Roxane.

— Fatiguée mais heureuse, murmure Iris.

— Courbatu mais enchanté, dit Paul.

— Je ne sens plus mes jambes mais en forme, termine Marc.

— Toujours prêts à faire l'ascension ? leur lâche Gérard.

Ils arborent en chœur un « OUI » enthousiaste !

— Formidable ! Vous découvrirez notre deuxième guide demain matin », leur annonce-t-il.

Le quatrième jour, au petit matin ils font la découverte d'un autre personnage. Nous sommes encore en plein nuit, il est trois heures !

Gérard le présente à l'équipe :

— Voilà Gypse, également guide de hautes montagnes, qui nous donne un coup de main de temps à autre.

— Bonjour à tous et bravo d'être déjà arrivés là.

Iris semble avoir déjà vu cet homme. Elle est encore endormie. Et lui est emmitouflé sous un tel accoutrement, qu'elle ne le reconnaît pas ! Est-ce cette personne qui lui avait raconté ses excursions au sommet de hautes montagnes ?

Elle est à la fois surprise et rassurée qu'il y ait un autre guide pour accompagner Gérard. Mais elle ne fait pas particulièrement attention à lui, préoccupée par la réussite de son défi.

Ils ne s'éternisent pas car la route est longue. Et l'ascension du Mont-Blanc commence !

Ils quittent le refuge pour attaquer l'ascension de l'Aiguille du Goûter. Ils suivent un petit sentier où les bouquetins et les marmottes s'amusent sous leur nez. « C'est facile techniquement », leur affirme Gérard.

— Mes jambes sont brûlantes. Elles tirent à chaque pas, grogne Iris.

— J'ai les mollets en feu, râle Marc.

— Regardez comme le reflet du soleil sur la neige est magique, lâche Gypse.

— Je me sens enfin étonnement bien malgré l'altitude. C'est la première fois pour moi que je vais aussi haut en montagne. Cela amplifie mon excitation, s'émerveille Iris.

— Fatiguée après une nuit courte et perturbée par de nombreux sursauts, je n'ai pas bien dormi, leur raconte Roxane.

Ils franchissent le Dôme du Goûter puis le col du dôme jusqu'au refuge-bivouac Vallot. Là, ils avalent quelques barres de céréales et s'hydratent afin de prévenir tout risque de malaise. Après cette pause à l'abri du vent et du froid, ils partent vers l'arête de Bosses.

— Maintenant mon mal de tête s'amplifie et la fatigue s'installe durablement. Je suis vidée, bougonne Iris.

— Les effets de l'altitude et la difficulté de plus en plus grande pour avancer sont terribles, s'énerve Marc.

— L'arrête des bosses est l'endroit le plus beau qu'il m'ait été donné de voir, triomphe Roxane.

— Cette arrête est vertigineuse et tout simplement magnifique, s'extasie Paul.

— C'est une étroite lame immaculée, coupante et vertigineuse les avertit Gérard en la désignant.

— Le paysage est superbe et très impressionnant, s'écrie Iris.

Epuisée, Roxane en oublie de continuer à filmer ou de prendre des photos.

Iris commence vraiment à faiblir et à perdre le contrôle de ses pas. Gérard le sent.

— On stoppe quelques secondes sur l'étroite arrête tout en stabilisant nos appuis, il ne s'agit pas de glisser ! leur précise Gypse.

— Suis ton rythme et ne lâches pas, on est presque au-dessus ! lance Gérard à Iris.

Là, Iris réalise qu'elle doit continuer d'avancer et puiser dans ses dernières forces pour y arriver.

« C'est un moment assez unique » se dit-elle tout en reprenant le piolet en main. Et, après une énième barre de céréales, elle emboîte le pas sur le guide.

— Mes mollets s'enflamment de plus en plus, proteste Paul.

L'arrête des Bosses terminée, ils se posent quelques instants pour boire.

— La fatigue m'est complètement tombée dessus. J'ai envie de m'allonger dans la neige, emmitouflée dans ma veste et de rester là dormir, plaisante Iris.

— C'est le premier moment où je suis frappée par une fatigue aussi forte, ajoute Marc.

— Pourtant il faut continuer, leur dit Gérard.

— Nous y sommes presque, lance Gypse.

— Les derniers mètres de dénivelé sont une torture. Je suis à bout de souffle, grommelle Marc.

Le sommet apparaît tellement beau ! Le ciel est dégagé et le monde s'offre à eux dans un spectacle totalement inouï.

— Vous avez atteint le sommet du Mont-Blanc leur disent fièrement Gérard et Gypse !

Ils profitent ensemble de ce moment magique pour se féliciter et s'embrasser chaleureusement. Ils admirent ce paysage aussi unique que magnifique.

— Nous ne restons pas longtemps car il fait très froid, conseille Gypse.

— Les larmes me montent aux yeux. Je ne sais si c'est la douleur ou le bonheur. Sans doute un peu des deux, sanglote Iris.

— Ça y est ! Nous y sommes ! lancent en chœur les garçons.

— Je n'ai pas de mot pour vous décrire la félicité que je ressens. Nous sommes seuls, dit Roxane.

— C'est tout simplement sublime ! ajoute Marc.

— J'ai fait l'ascension du Mont-Blanc s'exclame Iris folle de joie !

Gypse la regarde émerveillé et médusé …

Lors de la descente, ils veillent à bien rester vigilants afin de regagner en toute sécurité le refuge du Goûter où ils passent la nuit. Un refuge très célèbre et fréquenté. C'est le plus haut. Un bâtiment hors normes, de forme ovoïde avec son revêtement en acier.

— C'est incroyable, s'écrie Iris.

— C'est un concentré de technologie pour s'adapter aux conditions extrêmes, leur déclare Gérard.

— C'est un vrai havre de repos après les passages de voies longues et difficiles, leur dit Marc.

— L'ambiance est chaleureuse, authentique et imprégnée des expériences de tous les alpinistes venus s'y abriter, ajoute Gypse.

— Des drapeaux du monde entier couvrent les murs, observe Paul.

— Le temps est magnifique mais le vent s'est levé pendant que nous étions au sommet, leur déclare Gypse.

Le lendemain, ils poursuivent leur descente avec prudence. Ce n’est pas forcément la partie la plus sécurisante.

— Malgré la fatigue, il faut rester concentré au maximum, leur précise Gérard.

— Chaque pas devient une torture, souffle Iris.

— Il faut pourtant faire vite si nous voulons avoir un repas ce soir, leur annonce Gypse.

— Mon corps est épuisé et mes jambes lâchent, proteste Marc.

— Je vais m’effondrer de fatigue, râle Paul.

Les dernières minutes sont vraiment pénibles. Iris finit par se tordre légèrement le genou dans la neige molle. Mais le refuge apparaît. Arrivés ils profitent d’une bière et d’un repas chaud !

Après une nuit réparatrice et bien méritée au refuge, ils continuent leur descente pour rejoindre celui de Tête Rousse.

Puis ils se dirigent vers le Nid d'Aigle.

— Quelle beauté du paysage, s’émerveille Marc.

— J'ai toujours la boule au ventre, grogne Paul.

Ce train nous emmène dans la vallée au restaurant où nous prenons le traditionnel dernier verre. Là, chacun revit avec ses mots cette formidable aventure :

— Cette ascension restera gravée dans ma mémoire. Ce fut un très beau challenge humain, triomphe Iris.

— Nos deux guides ont été formidables ajoute Roxane.

— C'est incroyable car la vue à l'arrivée du sommet du Mont-Blanc ne dure que quelques minutes ! renchérit Marc.

— Ce fut une expérience magnifique et merci à nos deux guides, s'écrie Paul.

Marc, Paul, Roxane et Iris, se séparent, des étoiles plein les yeux et des souvenirs à jamais gravés dans leurs cœurs.

Iris est fatiguée mais si heureuse de cet exploit qu'elle a enfin pu réaliser.

Ils s'embrassent tous avec effusion. Les deux guides, Gérard et Gypse, les quittent rapidement et s'en retournent à leur chalet. Ils ont une autre excursion prévue pour la fin de la semaine.

Et Iris reste avec ses questions sur Gypse, le deuxième guide …

18

Au retour de son excursion, Iris envoie un sms à Pierre, l'homme au portefeuille. Pas de réponse. Elle est contrariée.

Ce même jour Iris a rendez-vous à l'hôpital pour un contrôle de routine. C'est toujours un peu d'angoisse qui se glisse dans son corps. Elle prend son courage à deux mains. Le téléphone résonne. C'est Rubis qui veut prendre des nouvelles. Iris se méfie. Elle sait que si Rubis l'appelle c'est pour la questionner et souvent la critiquer. Elle n'a pas envie de l'entendre. Elle est trop négative. Pourtant Iris apprécie qu'elle se soucie d'elle. Finalement, elle décide de ne pas répondre pour garder son enthousiasme.

Iris enfile une jolie tenue, un peu de maquillage, quelques bijoux et se précipite dans le métro. Elle court souvent. Iris aime avoir des activités qui la dopent. Le trajet est long. Elle a l'habitude de se charger d'un livre, de papier et de crayons. Elle n'a pas de place pour s'asseoir. C'est encore l'heure de pointe. Elle en profite pour se détendre en fermant les yeux et en laissant venir toutes les pensées qui l'envahissent. Cet homme revu plusieurs fois et qu'elle appelle le Magicien pourrait ressembler à un père qu'elle imagine ? …

« Comment serait-il ? Grand ? Quelle allure aurait-il ? Comment ferions-nous pour nous dire tout ce que nous aurions pu nous raconter depuis le début de notre vie ? Aurais-je peur de l'aborder ? Par quoi commencerais-je ? » Que de questions trottent dans sa tête et prennent le dessus sur ses états d'âme.

Iris arrive à l'hôpital et se dirige vers le service qu'elle connaît bien. Elle a toute une batterie d'examens à faire. Iris reste calme. Les infirmières sont plus ou moins accueillantes. Elles ont leur vie personnelle. La salle d'attente est saturée. Debout, Iris s'appuie au mur. Une patiente qu'elle avait déjà rencontrée revient de ses examens. Toutes deux se rapprochent et se prennent dans les bras l'une de l'autre. Elles sont heureuses de se revoir. Cette dame a fini ses séances de radiothérapie. C'est une belle étape. Elles échangent quelques mots. Iris a chaud au cœur. Partager fait du bien. Elles projettent même de se revoir autour d'un petit café.

C'est le tour d'Iris. Elle appréhende et ne se sent pas bien. Ses membres se tendent. Son visage est crispé. Elle ne peut plus reculer. L'infirmière la conduit dans une salle où se trouve le scanner. Après toutes les consignes d'usage elle lui demande de s'allonger. Iris se murmure « Si toute la journée elle répète la même chose. Je peux comprendre qu'elle soit lasse mais nous sommes le matin. C'est un peu comme si j'avais affaire à un robot. Le peu de chaleur me glace », se chuchote Iris. Elle lui propose une couverture. Petit à petit, cette jeune personne se décontracte, elle aussi. Elles en viennent même à parler du temps qu'il fait et d'autres choses.

— Vous avez une jolie couleur de cheveux, lui murmure Iris.
— Merci, c'est gentil à vous.
— C'est fatiguant votre métier.

— Oui, j'ai beaucoup de travail mais quand les patients sont agréables je suis plus détendue.

Et la voilà qui s'adoucit…

Les examens sont terminés. Iris est dans l'attente du verdict du médecin pour certains contrôles. Encore un stress qui la gagne. Elle rejoint une autre salle d'attente. Chacun a sans doute la même inquiétude qu'elle. Personne ne dit mot. Les regards se croisent. La pression monte face à l'expectative et à la tension. Iris est tentée de parler à son voisin. Mais la pudeur la retient. Quand une jeune femme prononce son nom. Elle la suit dans un tout petit espace. Ouf ! Tout est bien pour le moment. Son visage s'éclaire de joie. Même si Iris sait qu'elle gardera toute sa vie une épée de Damoclès sur ses épaules, elle repart confiante.

Bien sûr Iris ne quitte pas l'hôpital sans aller voir son Petit prince. Elle a trop besoin de lui et réciproquement. Et puis, elle est sûre qu'il l'attend. Iris toque à sa porte et entre. Il est debout aujourd'hui et semble en meilleure forme. Iris en profite pour lui raconter son excursion au Mont-Blanc :

— Tu te rappelles, c'était moi la dame qui voulait escalader le Mont-Blanc.

— Alors, c'était comment ?

— J'ai eu très peur mais je suis fière d'y être allée.

— Tu m'avais dit que tu avais le vertige.

— Oui, mais il s'estompe car tu es porté par les autres.

Le Petit prince la regarde avec ses yeux interrogateurs.

— Qu'est-ce que ça veut dire ?

— Certaines fois, nous montons avec des cordes et chacun est accroché à l'autre. Tu dois faire attention sinon il peut tomber.

Ses remarques si pertinentes interpellent toujours Iris.

— Oh là là ! il faut être sûr des autres.

— Oui, tu dois croire en eux.

— Tu les connaissais ?

— Un peu. Mais surtout, très vite, je n'ai plus eu peur et j'ai fait confiance.

Le Petit prince veut en savoir davantage.

— Et les journées ne t'ont pas paru trop dures ?

— Si, j'ai eu des difficultés. Un peu de mal des montagnes et une respiration parfois difficile.

— C'est quoi le mal des montagnes ?

Iris prend plaisir à lui expliquer les choses.

— Tu as la tête qui tourne un peu, beaucoup parfois.

— Et tu as réussi à surmonter ?

— Oui. J'ai eu de la chance mais j'ai été au bout de mes forces.

— Tu as l'air fatigué ?

— Oui, je le suis.

« Il m'étonnera sans cesse », se dit Iris.

— Mais je serai toujours là pour toi, ajoute-t-elle.

— Reste près de moi encore, j'aime t'entendre raconter ….

Iris est demeurée un long moment près de lui et l'a quitté en lui promettant de revenir vite. En s'embrassant, tous deux sont restés quelques instants l'un près de l'autre, heureux de la chaleur de leur amitié.

Et Pierre est-il le père de son Petit prince ?

19

Ce soir, Iris a rendez-vous avec Pierre, l'homme au portefeuille …

Elle s'est maquillée mais pas trop. Sa coiffure est naturelle et dans le vent. Iris a mis une jolie robe noire avec quelques paillettes. Des chaussures plutôt hautes avec lesquelles elle marche difficilement mais c'est plus élégant. Quelques bijoux tout simples. Et son parfum…

« Au fond, je ne connais rien de lui » se murmure-t-elle en se regardant dans son miroir.

Il vient la chercher au pied de chez elle à 19 heures 30 minutes. Il y a longtemps qu'elle n'avait pas eu cette douceur, cette attention. « C'est bien agréable de se laisser porter et de n'avoir pas trop à penser. Quel délice ! » songe Iris. Elle est comme sur un petit nuage.

Il a du retard. Elle trépigne. Iris n'aime pas attendre. La sonnerie de son téléphone retentit. « C'est peut-être lui ? Il a sans doute eu un empêchement ? » Oui, c'est bien lui. Il est encore avec un client et il ne sait pas pour combien de temps ? Pierre suggère même de remettre le dîner à une autre fois. Elle est très déçue mais trop orgueilleuse pour le montrer. Mais il a tout compris au son de sa voix.

Lorsqu'Iris raccroche, elle bout de colère et d'énervement. Elle téléphone à Rubis comme pour se défouler. Sa mère est agréablement surprise et étonnée par son appel et l'horaire…

Rubis la sent démoralisée et tendue à l'écoute de son ton de voix.

— Comment vas-tu ?

— Ce n'est pas la grande forme...

Rubis est contente d'entendre sa fille et même de constater qu'elle est enfin fatiguée.

— Tu ne trouves pas que tu fais un peu trop de choses en ce moment ?

— Non, j'ai l'impression d'avoir perdu tellement de temps auparavant…

— Pourquoi dis-tu cela ?

Iris se lance dans toute une diatribe qui agace Rubis. Elle a surtout besoin de se lâcher ….

— Je vis une période difficile de ma vie. J'ai envie de tout et parfois de rien. Il me semble que des opportunités m'échappent.

Rubis se crispe et n'accepte pas les interrogations de sa fille.

— Je ne te comprends pas… dit-elle.

— Je suis avide de mille découvertes.

— Tu n'arrêtes pas. Que cherches-tu ?

— Je vais bientôt avoir quarante ans et j'ai l'impression que la vie m'échappe. Je me pose des tas de questions.

C'est comme si Iris cherchait à énerver de plus en plus sa mère. Elle lui lance :

— Tu sais, la vie peut s'arrêter à tout moment !

— Oui, je sais.

— Et pourquoi tu es aussi excitée ?

— Je t'ai expliqué que je pouvais passer de l'excitation au découragement mais surtout j'ai une interrogation qui me préoccupe de plus en plus : je voudrais en savoir davantage sur mon père ?

— Iris, nous en avons déjà parlé …

Rubis n'aime pas quand sa fille aborde ce sujet. Elle l'esquive la plupart du temps.

— Tu sais, je n'ai pas de nouvelle de lui depuis longtemps. Je crois l'avoir aperçu à l'enterrement de ma mère mais il ne s'est pas manifesté.

Rubis est de plus en plus irritée qu'Iris l'appelle pour l'entrainer à se poser toutes ces questions et remuer son passé !

— Excuse-moi, je dois raccrocher car quelqu'un essaie de me joindre.

— Et moi le rangement de ma cuisine et la vérification du travail des enfants m'attendent.

— A bientôt Iris.

— A bientôt.

C'est Pierre, l'homme au portefeuille qui ne cesse d'appeler .... Il avait bien senti qu'Iris était triste. Il a tout fait pour venir la rejoindre au plus vite.

Il arrive dans trente minutes. Iris se recoiffe et surtout se détend après la conversation avec sa mère ...

Voilà Pierre. Elle descend rapidement les escaliers depuis son sixième étage sans se tordre la cheville !

Iris aperçoit une jolie voiture. Vous savez qu'elle n'y est pas insensible ... Elle la regarde et le félicite. Ils se dirigent vers un restaurant qu'elle ne connaît pas. Elle est contente. Iris adore les surprises ! Elle y voit toujours quelque chose de merveilleux et elle en raffole ...Ils se garent dans un parking tout près de la Tour Eiffel. Iris ne se pose même pas la question du lieu. Elle se laisse conduire et c'est sublime. Arrivés au pied de la Tour, il lui précise qu'ils vont au Jules Verne, le fameux restaurant de la Tour Eiffel. Elle ne connaît pas. Iris ne sait quoi dire tant elle est émerveillée, touchée et émue. C'est trop pour elle ... Tous deux, ils avancent formant un beau couple. Lui, avec son élégant costume bleu marine et surtout sa cravate de très bon goût. Elle, toute pimpante et agréable à regarder. Le serveur les place dans un endroit avec vue à portée d'yeux sur le Champ-de-Mars, le Quai Branly, le Trocadéro … Que du bonheur !

Le décor est sublime. Le mobilier est ultra moderne et épuré dans des tons noirs, jaunes et gris. Quelle n'est pas sa surprise de voir apparaître les roues de la Tour en action. C'est un spectacle hypnotisant.

Chacun assit l'un en face de l'autre, la conversation commence autour d'une coupe de champagne. Ils trinquent au plaisir de se revoir.

— Veuillez m'excuser encore pour mon retard.
— Vous travaillez beaucoup ?
— Oui, car j'ai de gros dossiers à étudier et à rendre rapidement.

Après une deuxième coupe, Iris se détend et ose s'aventurer…

— Vous avez peu de temps pour voir votre famille ?
— Etant seul maintenant… Enfin, pas complètement.
— Vous m'aviez dit que vous aviez des enfants.

— Oui, j'ai deux grandes filles et un petit garçon qui est malade.

Là, Iris manque de tomber à la renverse … Son visage change de couleur. Une émotion forte la parcourt. Sa respiration se bloque mais elle veut savoir.

— Vous m'avez dit « malade ? » Est-ce que c'est grave ?

— Oui, il fait régulièrement des séjours à l'hôpital.

— Comment cela se passe ?

— Eh bien, je le conduis. Il doit y rester quelques jours. Hélas, je ne peux pas aller le voir très souvent.

Après un temps de pause, la curiosité d'Iris s'aiguise.

— Je comprends, ce n'est pas facile pour vous.

— Mais je sais qu'il y a des personnes qui viennent rendre visite aux enfants dans les hôpitaux. Il me l'a raconté… s'aventure Pierre.

Iris n'en croit pas ses oreilles et elle est tout ouïe à ce qu'il dit. Une intense émotion la traverse. « Alors, il serait, peut-être, le père de mon Petit prince ... » se demande Iris.

Il la voit étonnée, surprise, émue sans comprendre ce qui se passe…

Pour calmer ses émotions, il ajoute que son petit garçon lui a parlé d'une dame particulièrement gentille qui lui racontait des trucs incroyables ! « Il ne sait pas encore tout ce que je fais …» chuchote la petite voix intérieure d'Iris.

Le serveur vient prendre leurs commandes. Tout semble tellement appétissant. Elle se laisse guider par les conseils de Pierre.

Elle n'ose rien lui dire et, avec assurance, change de sujet :

— Que font vos filles ?
— L'une fait des études en psychologie et l'autre est en médecine.
— Elles sont brillantes.
— Oui, en fait elles ont réussi à intégrer les études qu'elles souhaitaient entreprendre.

Iris ne cache pas son admiration et poursuit :

— Formidable. Vous les voyez souvent ?

— J'ai la chance qu'elles soient à Paris.

— Elles habitent encore chez vous ?

— Non, elles sont toutes les deux indépendantes et elles travaillent en parallèle de leurs études pour payer leur logement.

— Bravo ! Vous devez être fier d'elles.

Leurs plats sont là, raffinés et graphiques à l'image de ce lieu symbolique. Mille odeurs s'échappent de leur assiette. Iris, détendue et heureuse de ce moment, s'engage plus loin dans leur échange.

— Vos filles sont sûrement très occupées et ce n'est pas facile pour vous de les voir.

— Si, nous déjeunons souvent ensemble et nous avons plaisir à nous retrouver.

— Elles peuvent vous aider pour leur petit frère ?

— Oui, elles sont très responsables et ce sont elles qui s'en occupent quand je suis pris par mes occupations professionnelles. Lorsque mon fils rentre à la maison, elles habitent chez moi à tour de rôle.

— C'est bien pour votre petit garçon.

— Oui, ce sont elles qui vont le voir le plus fréquemment à l'hôpital.

Après l'arrivée des desserts magnifiquement présentés, Iris se lance, elle n'a plus peur.

— Alors, ce sont elles que je vois quand je vais rendre visite à votre petit garçon.

Pierre avec son regard si tendre lui demande :

— Pardon, vous le connaissez ?

— Oui, un peu.

— Comment cela ?

— Eh bien lors d'examens à l'hôpital, un jour j'ai rencontré votre enfant et je lui ai promis de venir le voir.

Pierre s'inquiète de ce qu'elle vient de lui dire et l'interroge :

— Vous avez passé des examens ?

— Oui, j'ai eu des soucis de santé il y a quelques temps. Mais maintenant tout va bien.

Iris n'a pas envie de lui en dire plus. Elle a déjà suffisamment parlé …

Le dîner s'est déroulé très chargé d'émotions. Et lui et elle ont été ébranlés par leurs découvertes réciproques. Iris ne sait pas très bien ce qu'il a pensé de ses visites auprès de son petit garçon… Cette succession de hasards les a sans doute interpellés ?

Pierre reprend la conversation et lui demande si elle a eu des nouvelles de son fils Augustin.

— Je dîne avec lui demain et nous aurons mille choses à nous raconter.
— Je suis content. Peut-être qu'un jour je le rencontrerai ?

Iris a volontairement très peu parlé d'elle. Elle ne peut pas tout dire…

Elle découvre un homme sympathique, intelligent et humain qui la touche.

Le dîner s'achève car il est déjà très tard. Il la raccompagne avec l'espoir de la revoir bientôt. Sans doute, est-ce partagé par Iris ?

Ils se quittent avec un baiser chaleureux sur la main d'Iris et un échange de regards qui en dit long…

20

Ce soir Iris ressent le besoin d'aller voir son Petit prince. Pas de prétexte particulier mais une urgence de lui parler, de le revoir. C'est un peu comme son cadeau de la journée !

Elle se précipite, prend un Uber pour ne pas arriver après la fin de l'heure des visites.

Stupéfaction quand elle pénètre dans le service de l'hôpital où se trouve son Petit prince ! Il y a quelqu'un d'autre dans sa chambre …. Son cœur bat à cent à l'heure … Que lui est-il arrivé ? Où est-il parti ? Mille interrogations tournent dans sa tête…

Les larmes lui viennent. Son souffle est coupé. Elle interpelle difficilement une infirmière qui court dans tous les sens. Voyant à peine son inquiétude, elle lui pose vite quelques questions : « Mais qui êtes-vous ? Vous êtes de la famille ? » Là, sans hésiter, elle ose répondre un « Oui » affirmatif. La jeune femme lui rétorque :

— Il vient de partir en réanimation.

— Quoi ? C'est grave ?

— Il a fait une chute de tension et il se trouve actuellement en soins intensifs.

Elle ne peut y croire ! « Qu'est-il arrivé à mon Petit prince ? »

On lui demande d'attendre un peu. « Encore et toujours attendre ! » s'énerve-t-elle…

Quand un médecin survient, elle l'apostrophe. Lui, assez ferme, avec toujours le même questionnement : « Qui êtes-vous ? Vos rapports avec l'enfant ? »

A ce moment là, miracle, survient Pierre, l'homme au portefeuille… Il avait été prévenu de l'état de santé de son fils et arrivait en courant...

Etonné de voir Iris, il s'approche d'elle et lui dit « Chérie, me voilà ! » Interloquée mais comprenant sa répartie pour éviter d'autres remarques, ils pénètrent dans le bureau des médecins. Le lieu est exigu et très encombré. Le médecin que Pierre connaît les informe qu'ils ont eu très peur. Il était si pâle, fatigué et avait de grosses difficultés à respirer. Il manquait de globules rouges. Ce malaise étant vraiment important, ils l'ont mis sous oxygène avec une surveillance accrue. Il semble confiant et pense même qu'il devrait s'en sortir assez vite.

Le visage de Pierre se détend peu à peu. Iris est encore toute bouleversée. Ils écoutent avec attention tout ce que leur explique le médecin. Dans la série des mots prononcés certains sont incompréhensibles ! Mais ils sont rassurés de savoir qu'ils peuvent voir l'enfant quelques secondes chacun derrière une vitre… Et ils seront avertis de l'évolution et de la suite au jour le jour…

C'est le soir. Iris, très ébranlée mais toujours vive, propose à Pierre d'aller boire un verre dans un café à côté de l'hôpital. Celui-ci est bien sûr très secoué et peiné mais il a besoin de parler, d'être écouté…

Le bar est un peu glauque et l'odeur n'est pas agréable mais ils n'ont pas eu le choix. Une table au fond leur permet de s'asseoir et de commander un café.

Les deux filles de Pierre surgissent dans le bistrot. Elles aussi ont été prévenues de l'état de santé de leur frère. Elles ont couru pour essayer de l'apercevoir un court instant à l'hôpital. Et suite au sms de leur père, elles sont venues le rejoindre.

Surprises de voir une jeune femme avec lui ! Elles se demandent qui est-ce ? Iris semble avoir déjà vues ces deux brunettes. Elle est présentée comme une amie de leur père. « Nous nous connaissons si peu… » songe Iris. Elles échangent sur leurs visites mutuelles auprès du Petit prince. Iris raconte qu'elle a été amenée à aller souvent à l'hôpital pour des problèmes de santé. Et qu'elle a aussi l'habitude de rendre visite à des personnes malades.

Iris leur explique combien leur petit frère est formidable. Jamais il ne se plaint. Elle adore ses visites auprès de lui. Il a une maturité extraordinaire. Il pose des questions comme un adulte. La maladie l'a sûrement transformé et en même temps il garde son âme merveilleuse d'enfant. Iris leur exprime tout ce qu'elle reçoit de lui et quel bonheur elle éprouve en allant le voir. Iris ose leur dire qu'elle l'a baptisé son « Petit prince » sans le lui avouer réellement...

Ses sœurs sont émues aux larmes et touchées de la démarche d'Iris.

Iris en apprend davantage sur les filles de Pierre qui font des études de médecine pour l'une et de psychologie pour l'autre. Elles travaillent en parallèle, l'une dans un Monoprix et l'autre dans un magasin de vêtements pour survenir à leurs besoins.

Iris parle peu d'elle-même. Elle veut rassurer et écouter cette famille touchée par cet évènement foudroyant.

Après avoir échangé un long moment, Iris et les deux sœurs décident d'organiser des tours pour aller voir leur petit frère. Pour chacune et pour leur père il est difficile de trouver du temps tant leurs occupations sont denses. Mais Iris a des opportunités de temps libre pour se rendre à l'hôpital.

Iris les laisse en famille pour rentrer chez elle. Elle a le cœur lourd de toutes ces émotions. Elle appelle un Uber et file prendre du repos.

Après son départ, par gentillesse et souci de la vie de leur père, les questions fusent :

— C'est qui cette femme ?

— Une femme qui a retrouvé mon portefeuille.

— Quoi ?

— Oui, cela a été la raison de notre rencontre.

Interpellées, elles continuent de le questionner :

— Mais pourquoi vient-elle voir notre petit frère ?

— Elle fait partie de ces bénévoles qui vont rendre visite à des malades.

— Pourquoi lui tout spécialement ?

— Elle en rencontre sûrement d'autres…

— Cette femme a l'air sympathique.

— Oui.

La conversation sur Iris s'arrête. Il n'a encore rien à dévoiler…

Pierre reste un long moment avec ses filles avant de rentrer chez lui. Quand en ouvrant la porte il entend son téléphone retentir. La peur s'engouffre en lui. Si c'était l'hôpital…Il se précipite… Ouf ! C'est Iris qui voulait lui dire encore combien elle partageait son inquiétude et le rassurer avant qu'il ne s'endorme. Ils parlèrent longtemps…

Je peux vous demander le prénom de vos filles ? Oui, ce serait plus simple. L'une s'appelle Constance et l'autre Audrey.

Chacun raccroche inquiet et à la fois heureux d'avoir pu échanger un long moment…

21

Iris est allée voir son Petit prince à l'hôpital pour avoir de ses nouvelles. Elle sait qu'il doit être encore fatigué après tout le protocole de soins qu'il a subi.

Elle parcourt machinalement de long en large tous les couloirs qu'elle a souvent pratiqués.....

Iris cherche le numéro trois cent sept et trouve la nouvelle chambre du Petit prince. Arrivée à la porte, elle frappe et entre tout doucement. Elle a l'habitude de ne pas attendre sa réponse.

A sa grande surprise, elle le découvre en train de s'habiller avec une infirmière et son père. Chacun lui lance un « bonjour », tous deux à peine étonnés de la voir entrer. Son père est un peu troublé et gêné dans ses gestes avec son petit garçon mais il les fait très naturellement. Et le Petit prince avec son visage ébloui et joyeux de quitter sa chambre.

Iris s'excuse de déranger leur intimité. Ils lui demandent de rester, chacun heureux qu'elle soit là. Elle propose son aide. Elle exprime son bonheur de le voir debout et enfin libéré de tous cet attirail de tuyaux. Oui, son Petit prince va un peu mieux même si sa mine est encore chiffonnée.

Un rai de lumière éclaire leurs visages. Leurs paroles sont douces et bienveillantes.

L'infirmière s'en va. D'autres patients l'attendent.

Les médecins lui ont donné l'autorisation de s'absenter quelques jours pour passer les fêtes de fin d'année en famille. Le petit garçon prend vite le dessus. C'est cette spontanéité qui est toujours merveilleuse chez les enfants…

— Papa, tu connais Iris ?

— Oui, un peu.

— Ah bon, tu l'as rencontrée où ?

— Dans un train.

— C'est bizarre…

Iris voit l'étonnement de son Petit prince. Elle intervient pour le rassurer et lui donner quelques explications :

— Nous étions dans le même train. Ton père était assis à côté de moi. Il a perdu son portefeuille et je l'ai retrouvé sous son siège grâce à une dame placée un peu plus loin.

— Qu'est-ce que ça veut dire ?

— Quand ton papa est descendu du train, elle m'a fait signe que quelque chose était tombé par terre. Je l'ai ramassé et ouvert le portefeuille pour savoir s'il y avait un numéro pour joindre le propriétaire de cet objet.

Et le petit garçon souriant ajoute tout simplement :

— C'est vraiment bizarre de se rencontrer à cause d'un portefeuille.

Son père tenait à reprendre la conversation :

— Mais, nous nous sommes revus après.

— Alors, tu la connais bien.

— Pas encore complètement.

Pour les enfants les choses sont simples et naturelles. Le petit Prince, qui l'admire beaucoup, réfléchit et s'exclame :

— Ce serait bien qu'elle vienne souvent avec nous. Elle pourrait même habiter à la maison ?

— Attends, ne va pas trop vite.

— Pourquoi ?

— Parce que, parfois, il est nécessaire de laisser du temps au temps.

— Cela veut dire quoi ?

— Nous avons besoin de nous connaître davantage, de nous apprécier avant de prendre une décision.

Pierre ne peut échapper aux questions de son fils.

— Une décision ?

— Oui, pour savoir si nous pouvons continuer notre chemin ensemble.

— Ce serait bien tu sais !

— Nous verrons…

— Pour vous les adultes c'est souvent compliqué !

Son père prend la parole avec un air grave.

— Les personnes que tu trouves sur ton chemin, ne sont jamais là tout à fait par hasard...

— Comment cela ?

— Eh bien tu peux soit les voir et mieux les connaître, soit continuer ton chemin et les ignorer. Tu as cette liberté. Mais souvent il est important de les regarder.

Le Petit prince reprend des forces :

— Moi, je l'aime bien Iris et je la connais mieux que toi...

— Laisse-moi la découvrir encore un peu.

— D'accord. On rentre à la maison ?

— Oui, tu vas attendre dans le hall de l'hôpital avec Iris pendant que je vais chercher la voiture.

— D'accord.

En quittant le service, le Petit prince s'écrie : « au revoir les infirmières et à bientôt. »

Et les voilà qui se dirigent plein de joie vers la sortie de l'hôpital.

Iris est troublée par cette conversation. Elle n'a pas oublié Antoine mais son cœur est peut-être ailleurs maintenant ?

22

Quelques mois plus tard, Iris se rapprocha de Rubis dont le mari se portait de moins en moins bien et se laissait aller de plus en plus.

Rubis avait besoin d'une écoute attentive. Elle ne voulait pas de la compassion des autres mais elle recherchait de plus en plus l'affection et l'aide d'Iris sans le lui avouer.

Rubis a toujours eu beaucoup d'énergie. C'est quelqu'un qui prenait sur elle et ne montrait pas ses soucis ni sa douleur. Ce fut lourd pour elle. C'était une femme qui affrontait l'ensemble de ses responsabilités. Elle ne voulait compter que sur elle-même. Bien que très gâtée plus jeune et aidée financièrement, sa vie fut complexe moralement.

Un jour, brutalement, les enfants de Rubis, Zoé et Arthur, annoncèrent à Iris que leur mère était au plus mal. Iris se précipita chez elle. Quand elle arriva, Rubis respirait déjà difficilement mais était encore tout à fait consciente. Iris avait conservé au milieu du fatras de son grand sac quelques lignes écrites un de ses soirs de nostalgie… Pour adoucir son angoisse du moment, elle chercha ce papier et le sorti rapidement. Elle lui lut comme un aveu avant qu'elle n'expire :

Ma Chère Maman,

Je n'ai pas toujours su comprendre pourquoi tu agissais ainsi. Peut-être ne le voulais-je pas ? Alors je n'ai pas essayé de déchiffrer tes attitudes ? Je t'ai laissée avec tes carapaces de caméléon.

Sans doute étais-je préoccupée de m'engouffrer dans une vie passionnante. Vie que j'ai eue envie de croquer à pleine dents comme si elle m'était offerte depuis peu. J'avais comme une sorte de boulimie de tout apprendre et de comprendre…

Tu voyais que lorsque j'étais face à un échec, je rebondissais et recommençais autre chose comme pour ne rien perdre de cette existence et être toujours dans le mouvement. Cette attitude me donnait des ailes !

Au fils des années, je suis devenue de plus en plus optimiste, quel que soit ce que je réalisais, c'était comme une force qui m'emportait et m'invitait à gagner.

J'ai toujours écouté les autres, leurs paroles me donnaient des repères mais c'est moi qui souhaitais prendre les décisions et m'engager.

Tu pars et je n'ai sans doute compris qu'une partie de toi-même.

Pardon si je t'ai déçue.

Je t'embrasse affectueusement.

Ta fille qui t'aime.

Un sourire de tendresse figea le visage de sa mère. Quelques mots s'échappèrent de sa bouche pour lui signifier qu'Iris comprendrait plus tard…

Et Rubis mourut …

Triste mais interpellée par la dernière phrase prononcée par Rubis, Iris voulut en savoir plus... Elle chercha fébrilement dans les affaires de sa mère la réponse à sa question. Et, après avoir fouillé plusieurs tiroirs elle tomba sur cette lettre :

Ma Chère Iris,

Je n'ai pas toujours été la mère que tu aurais souhaitée. Sans doute, tu m'as qualifiée de la dureté d'un diamant et d'une exigence sans appel.

J'ai tenté de m'accrocher à toi mais il était trop tard. Des fossés se sont creusés entre nous, l'eau a coulé pour devenir un fleuve qui ne nous permettait plus de nous rejoindre.

Après une enfance choyée et enfermée, j'ai entamé une vie folle. Et je me suis jetée à corps perdu dans le tourbillon des jours.

James avait beaucoup de qualités que j'appréciais mais ce fut rapidement un fardeau auquel je ne m'attendais pas. Je m'en suis débrouillée mais le pessimiste et l'aigreur ont pointé leur nez. Et peut-être suis-je devenue insupportable pour les autres et pour toi ?

Après de longues années j'ai enfin compris que je devais te faire confiance même si j'avais peur. Car c'était la raison pour laquelle tu entreprenais tous ces défis .Tu avais besoin de cette réussite.

Tu aurais aimé que je te soutienne dans tes entreprises plutôt que d'essayer de les démolir en ne regardant que les anomalies ou les défauts de chacune.

Merci Iris de m'avoir ouvert les yeux.

Cet homme que tu as rencontré de nombreuses fois sur ton chemin je l'ai connu et aimé. Oui, c'est quelqu'un que j'ai vraiment chéri. J'ai attendu un enfant de lui. Il n'en voulait pas car il ne se sentait pas prêt et voulait courir le monde. Alors, j'ai décidé de te garder sans trop savoir comment j'allais m'en sortir. Ce fut un moment où j'ai cru dans la vie, sans doute avec naïveté. Je m'en suis tirée vaille que vaille. Et je suis fière de toi aujourd'hui.

Merci pour ce que tu m'as appris.

Avec toute ma tendresse et mon affection.

J'avais peur de te perdre.

Ta Maman.

Et qu'arriva-t-il ensuite ?

Gypse, le Magicien, s'est souvent trouvé sur le chemin d'Iris, mais elle ne l'a jamais reconnu .... Comment l'aurait-elle pu ? Elle qui ne l'avait jamais vu... Et voulait-il vraiment qu'elle l'identifie ?

Son ami le Voleur avait évoqué l'existence d'une fille. Alors, il gardait espoir de la retrouver. Se donnait-il la peine de la chercher ? Avait-il peur de la découvrir ? Etait-il dans l'angoisse de ses futures questions ? Seules leurs différentes rencontres les avaient interpellés tous les deux... Mais aucun n'avait souhaité aller plus loin.

Juste avant de mourir, sa mère avait dévoilé à Iris un secret : tu trouveras une lettre ....

Ce fut donc après la mort de Rubis et à la lecture de son message que celui qu'elle avait surnommé le Magicien découvrit qu'il était son père. Ils avaient tant de retard à rattraper qu'ils décidèrent de se voir souvent. Que de sujets avaient-ils encore à aborder ....

Elle prit sous son aile Zoé et Arthur, heureuse de s'en occuper et de retrouver un peu de sa mère. Elle embaucha une aide pour James afin qu'il puisse rester chez lui.

Antoine s'en est allé sur un autre chemin de sa vie avec quelqu'un qu'il a rencontré. Une amitié demeurera avec Iris. Peu fortuné et surtout sans le goût pour l'aventure, il n'ira pas voir son fils à New York mais maintiendra des liens. Sans doute Augustin reviendra-t-il en France ?

Elle revit souvent sa cousine Elvire et se promit de retourner à la montagne avec toute sa bande de skieurs.

Iris continua de voir Pierre. Elle a décelé en cet homme quelqu'un qui lui permet de retrouver l'équilibre. Sa crise de la quarantaine fut une épreuve bien difficile et chargée de questionnements. Elle s'est calmée dans tous ses exploits. Elle a réalisé une partie de ses rêves avec la course automobile, la compétition de ski, l'ascension du Mont-Blanc mais il lui en reste encore… Elle n'a plus besoin de toutes ces prouesses…. Aujourd'hui, elle préfère vivre chaque instant de sa vie intensément. Elle aime toujours les challenges … Ils restent ses moteurs. Ses hommes le savent … et ils connaissent ses raisons !

Peut-être ira-t-elle avec Pierre retrouver son fils parti vivre à New-York ? Pierre, l'homme au portefeuille, accueillera-t-il Iris chez lui pour vivre leur amour avec leur Petit prince chéri ?

FIN

Merci à

Bernadette, Elise, Ghislaine, Mariannig

Louis-Charles, Ghislain, Clotilde, Eléonore, Axel, Roseline, Jean-Philippe,, Thibault et Chloé

Pour leurs encouragements et leur bienveillance.

Merci Hugues de Broissia

pour l'illustration de la couverture

Made in the USA
Columbia, SC
20 January 2022

54469205R00157